단
정
한

실
패

정우성
요가 에세이

단정한 실패

민음사

1

"요가원에
남자가 가도
괜찮아?"

권투 말고,
혹시 요가는 어때요?

사무실에 앉아 있다가 이러다 재가 되겠구나 싶은 순간이 점점 잦아졌다. 불편함이 삶의 일부가 되기 시작했다. 어떤 날은 침대에 누워서 동이 트는 걸 하릴없이 지켜봤다. 그게 그대로 피로로 수렴하면서 의욕이 희미해졌다. 일상은 허무해졌다.

규칙적으로 한강 둔치를 뛸 수 있는 형편이 됐을 때 그래도 나쁘지 않았다. 뛰다 보면 어느새 체중이 줄어 있었다. 못 입게 됐거나 답답하게 조이던 옷도 하나하나 낙낙하게 맞기 시작했다. 그래서였다. 다시 동네를 좀 뛰어 보려고 했다.

나는 위로 가면 남산, 아래로 가면 한강인 동네에 살고 있었다. 남산 쪽은 잔잔하고 의뭉스러운 오르막

"요가원에 남자가 가도 괜찮아?"

이었다. 한강으로 가려니 이쪽 둔치는 묘하게 어두운 느낌이 있었다. 오르막을 뛰는 김에 산길을 오르기도 했다. 어두운 느낌 같은 건 무시하고 반포대교까지 뛰어 보기도 했다. 핑계 같지만, 둘 다 여의치 않았다.

운동을 하게 만드는 힘은 두 가지 중 하나였던 것 같다. 일단 강제성이 필요했다. 혹은 할 때마다 기분이 좋아져서 자연스럽게 움직여야 했다. 이 경우의 달리기는 어느 쪽도 아니었다. 러닝 코스는 애매했다. 땀을 흘리고 돌아와도 개운치 않았다. 결정적으로 무릎에 무리가 가기 시작했다. 예전처럼 뛰었는데 예전 같지 않았다. 나이 탓이 아니었다. 내가 내 몸을 지탱하지 못하는 느낌. 방만해진 탓이었다. 자괴감이 들기 시작했다. 내 몸을 왜 이렇게까지 내버려 뒀을까?

그럴 땐 걷는 게 낫다는 친구의 조언을 따라 보기도 했다. 아침마다 산책처럼 산길을 걸었다. 오래 걷지도 않았는데 몸이 더워졌다. 바람이 불면 나무가 흔들리는 장면이 슬로모션으로 눈에 들어왔다. 달릴 땐 못 보던 장면이었다. 야트막한 언덕 위에 올라가면 서울이 달라 보였다. 몇 년간 잊고 있던 아침이 거기 있었다. 한

시간 정도 걸었나 싶은데 돌아오면 25분 정도 지나 있었다. 하루 중 가장 맑은 시간. 쾌적한 효율이었다.

아침이 버거울 땐 저녁에 걸었다. 친구와 한잔하고 돌아온 밤에도, 그즈음 듣던 노래를 들으면서 기꺼이 산 쪽으로 걸었다. 걷다 보니 여유도 생겼다. 동네 놀이터에 앉아서 한숨 돌리는 시간도 그렇게 좋았다. 40분 남짓 되는 협주곡을 들으면서 시간을 가늠하는 일도 근사했다. 1악장을 들으면서 오르막을 걷다가 2악장에선 쉬었다. 3악장이 시작하면 집으로 향하는 식이었다.

몸이 풀리니 마음도 명료해지기 시작했다. 그렇게 쓰기 싫던 원고의 실마리가 산책 후에 풀리는 경험은 무슨 마법 같았다. 커피나 차, 5년 전에 끊은 담배보다 좋은 효용이었다. 한 시간 집중하려고 두 시간 딴짓하다가 그냥 잠들어 버리는 밤을 탓하느니, 30분 정도 걷고 돌아오는 편이 깔끔하다는 걸 경험으로 알았다.

하지만 운동도 연애 같았다. 이대로 영원히 사랑할 수 있을 것 같던 산책과도 소원해지는 시기가 왔다. '걸어 봐야 그 길'이라는 생각이 들기 시작했다. 새 운동화나 음악도 소용없었다. 같이 걸을 수 있는 누가 있었다

면 나았을까? 권태는 갑자기 왔다. 걷기에 질렸는데 뛸 리는 만무했다. 소월길을 한 바퀴 도는 드라이브로 기분은 바꿀 수 있었지만…… 지금 챙기고 싶은 건 기분이 아니었다.

새로 배우지 않고 할 수 있는 운동을 먼저 찾았다. 집이나 회사 근처에 있는 수영장을 물색하기 시작했다. 여의치 않았다. 그 많던 동네 수영장들은 다 어디 갔지? 테니스를 다시 배울까? 검도나 유도를 다시 해보는 것도 나쁘지 않을 것 같았다. 어쨌든 몸을 써야 했다. 근육을 키우거나 노화에 저항한다는 식으로 거창하고 싶은 마음도 아니었다. 그저 내 몸이 몸으로서 부드럽게 기능하길 원했다. 말을 하거나 키보드를 두드리는 데만 쓰려고 태어난 몸이 아니라는 생각 때문에 조바심이 생겼다. 늦어지는 술자리, 더부룩하게 일어나는 아침마다 죽을 죄를 짓는 것 같았다.

그때 왜 권투가 떠올랐을까? 스트레스를 받을 때마다 찾아보던 격투가들의 영상 때문에? 마침 회사 근처 체육관을 발견해서? 맨몸 운동의 매력은 분명했다. 빠른 시간에 어마어마한 열량을 소비할 수 있다는 점.

줄넘기만 몇 세트 해도 땀이 쭉 빠지는 것도 좋았다. 무엇보다 서생 같은 손으로도 내 몸 하나는 지킬 수 있는 사람이 되겠다는 뿌듯한 의지. 언젠가 내가 사랑하는 사람도 지켜 줄 수 있을 거라는 무협지 같은 목표 의식도 있었다. 꾸준히 격투기를 배우는 것, 권투를 수련의 방식으로 삼는 것도 나쁘지 않을 것 같았지만.

"권투 좋죠. 그런데 사람 때릴 수 있겠어요?"

듣는 순간 멍했던 질문. 스스로에게는 한 번도 물은 적 없는 질문이었다. 물론 권투를 배운다고 바로 링에 오를 수 있는 게 아니라는 건 알고 있었다. 오로지 링에 오르는 순간만을 위해 부단히 수련해야 한다는 사실도. 하지만 형식과 목적이 내 안에서 부대끼기 시작했다. 운동과 나의 관계를 생각하기 시작했다. 새삼 물었다. 권투가 나와 맞는 운동일까?

당시의 나한테 필요했던 건 안으로 수렴하고 집중하는 에너지였다. 권투는 본격적인 발산형 운동이었다. 검도나 유도를 배울 때를 돌이켜봐도 그랬다. 유도보다는 검도가 좋았다. 마음과 몸 사이에서, 나는 마음 쪽을 좀 더 응시하고 싶은 사람 같았다. 빠르게 피하고

때리기보다 가만히 지켜보면서 알아채는 쪽. 지금까지 몇 개의 종목을 수련하는 동안 나한테 맞는 운동의 성격을 알게 된 것이었다. 이런 고민을 나눴을 때, 《지큐》에서 같이 일했던 후배 손기은이 이런 제안을 했다.

"그럼 저랑 요가원 한번 가 보실래요? 왠지 선배랑 잘 맞을 것 같아. 회사에서 가깝고, 요가 좋아요. 우리 요가원에는 거울도 없어요."

"남자도 있어? 나 가도 괜찮아? 민망하지 않을까?"

"일단 해 봐요. 그런 거 신경 쓸 겨를도 없을걸?"

"근데 나 그 옷은 정말 못 입을 것 같아. 몸에 붙는 옷 있잖아. 수련할 땐 그렇게 입어야 해? 나 유치원 다닐 때 그 흰색 타이츠 있지? 그것도 너무 싫어서 긴바지만 입었다?"

"그런 옷 안 입어도 돼. 입지 마요, 제발."

일주일 후, 후배와 요가원에 갔다. 무릎 아래로 떨어지는 길이의 운동복과 면 티셔츠 차림이었다. 매트는 요가원에서 빌렸다. 저녁 7시, 한 시간짜리 수련이었다. 스튜디오에 들어가기 직전까지도 걱정투성이였다.

'잘할 수 있을까? 몸 다 굳어 있을 텐데, 괜찮을까? 남자가 나뿐이면 엄청 어색할 것 같은데. 역시 옷인가? 다른 옷을 입고 왔어야 했나?'

복잡하고 긴장되고 심란한 가운데, 나는 어쨌든 요가 매트와 수건을 들고 스튜디오로 들어갔다. 후배는 저쪽에, 나는 좀 떨어진 곳에 매트를 깔고 앉았다. 꽤 많이 떨렸는데, 동시에 차분하게 가라앉기도 하는 와중에 수업이 시작됐다.

"자, 우리 다 같이 마시고 내쉬는 숨, 자신의 호흡에 의식을 집중합니다."

시작은 호흡이었다. 편하게 앉아서 손을 무릎 위에 놓고, 입은 닫고 코로 쉬는 숨이었다. 이어 선생님의 목소리에 따라 천천히 몸을 움직였다. 가볍게 몸을 풀어 준 후에는 조금 더 본격적인 자세를 연이어 취하기 시작했다. 여러 자세가 이어진 세트를 반복하거나 한 자세를 오래 유지하기도 했다. 선생님의 지도는 구체적이었다. 발가락과 손가락 끝의 힘, 쇄골, 갈비뼈, 어떤 근육, 골반의 방향과 허벅지가 회전하는 방향까지 내가 통제해야 했다. 인식도 못하고 있던 몸의 구석구석

을 부드럽게 깨우는 목소리였다.

"무리하실 필요 없습니다. 서두르실 필요도 없어요. 그저 오늘의 몸이 허락하는 곳에 머무르세요. 천천히 호흡 이어 가면서 자신을 바라봅니다."

15분 정도가 차분히 흘렀을까? 이후의 시간 감각은 완전히 사라져 버렸다. 동작이 깊어지기 시작하면서 내 몸과 뇌가 서서히 분리되기 시작했다. 머릿속은 이미 도화지 같았다. 통제는 전혀 못 하고 있었다. 팔, 다리, 옆구리, 허리, 엉덩이가 한꺼번에 웅성거렸다. 허리가 통째로 그랬던 것도 아니다. 경추, 흉추, 요추, 꼬리뼈가 다 따로 목소리를 내기 시작했다.

"나한테 왜 갑자기 이래? 왜 갑자기 움직여? 아플 텐데? 안 아파? 어라, 계속하네?"

뼈와 근육 들이 웅성거리기 시작하니까 마음도 다급해졌다. '와, 이거 정말 힘든데?' 생각할 때 매트 위로 큰 땀방울 하나가 뚝 떨어졌다. 얼굴에서 떨어진 것이었다. '오, 몸이 이렇게는 절대 안 움직이는데?' 생각할 때 또 땀이 뚝 떨어졌다. 이번에는 팔에서, 다음에는 종아리에서 땀이 떨어졌다. 평이한 자세 같은데 그게 안

됐다. 몸이 마음 같지 않으니 안절부절못했다. 그제야 운동복과 티셔츠에 눈이 갔다. 둘 다 흠뻑 젖어 있었다. 같이 갔던 후배를 찾을 틈도, 옆에 누가 있었는지도 모르는 채 한 시간이 지나갔다. 요가가 이런 거였나?

"어떠셨어요?"

"이상했어요. 신기했어요. 그런데 재밌었어요. 제 몸이 이렇게. 저…… 진짜 좋았어요. 일단 3개월 시작해 볼게요."

그날 밤엔 잠드는 줄도 모르게 잠들었다. 한 번도 느껴 보지 못했던 몸의 감각과 마음의 흐름이었다. 이튿날 아침엔 온몸의 근육이 놀라 있었다. 거기 있는 줄도 몰랐던 근육까지 나한테 말을 걸고 있었다. '거봐, 왜 이제야 시작했어?' 웃으면서 묻는 것 같았다. 걷고 굽히고 펼 때마다 뻐근하니 아팠는데, 그 생생한 통증이 뿌듯하고 좋았다.

3개월이 지난 후에는 6개월을, 그 시간도 지난 후엔 1년을 등록했다. 그렇게 지도자 과정까지 부드럽게 이어졌다. 그날 저녁, 매트와 나 사이에서 벌어진 일이었다.

매일매일
무섭고 아파

시간이 없다는 말은 반쯤만 핑계였다. 수련을 앞둔 시간마다 깊이 갈등했다. 비가 오면 비가 와서, 베스파를 놓고 온 날은 교통편이 모호해서, 미팅이 있는 날은 시간이 애매해서 주저주저했다. 하지만 내적 갈등의 진짜 원인은 따로 있었다. 너무 아팠다. 요가를 수련하는 그 순간의 고통이 낯설고 싫었다.

가장 기본적인 자세부터 고통스러웠다. 아래 허리가 심하게 당겼다. 내 몸은 꽁꽁 언 땅 같았다. 쩍쩍 갈라지듯 겨우 움직였다. 수련 시간이 가까워 올 때마다 그 고통이 생각났다. 뻐근하고 날카로운 그 통증을 알면서 반복하고 싶지 않았다. 그럴 때 능숙하게 자세를 이어 가는 다른 사람들을 보면 조바심까지 올라왔다.

시작할 땐 그렇게 괴롭다가 수련 시간이 끝날 즈음엔 노곤하게 봄처럼 부드러워졌지만…… 고통은 늘 '지금' 이었다. 다른 모든 감정과 의지를 지배했다. 견딘 후의 부드러움을 생각할 틈도 없었다.

어떤 자세는 거의 기합 같았다. 허벅지가 부들부들 떨렸다. 복근이 비명을 질렀다. 어깨는 훌쩍훌쩍 울었다. 티셔츠도 바지도 땀으로 흥건했다. 요가가 정적인 운동이라고 누가 그랬지? 수련을 마친 후의 매트 위에는 딱 내 몸 같은 땀자국이 남아 있었다. 검도관이나 유도장에서도 그렇게 힘든 적은 없었다. 요가는 정말이지 냉정한 수련이었다.

요가를 막 시작했던 당시의 나는 《지큐》에서 피처 에디터로 일하고 있었다. 그 회사에서 지내는 8년 동안은 월요병이란 말에 대해 생각해 본 적도 없었다. 존경하는 상사와 선배가 한 팀에 있었다. 유능하고 마음까지 통하는 후배도 옆에 있었다. 칼럼을 쓰거나 화보를 만드는 일, 누군가를 인터뷰하는 일은 매달 달랐고 매번 새로웠다. 지치는 날이 없지 않았지만 자주 사랑받았다. 일상의 거의 모든 시간과 마음을 일에 쏟았다.

집에서 보내는 시간도 사랑스러웠다. 쉬는 날 오후 4시쯤부터는 거실에 앉거나 누워서 해가 지는 걸 지켜봤다. 봄, 여름, 가을엔 창문을 활짝 열었다. 쏟아져 들어오던 빛이 노랑, 주황, 빨강을 거쳐 마침내 검정으로 바뀌는 걸 보는 시간이야말로 아끼는 여유였다. 축축하고 짙은 감상이나 멜랑콜리와는 멀고 멀었던 감정. 평온하고 부드럽게 하루를 마무리하는 시간이었다. 그 시간을 집에서 보내려고 발걸음을 재촉한 적도 없지 않았다.

하지만 그런 순간의 평온으로는 설명 못 할 일들 또한 동시에 늘어 가고 있었다. 어떤 날 아침엔 누가 내 코를 꿰서 끌고 가는 듯 깼다. 직업이나 집이 그러는 게 아니었다. 그저 일상이, 인생이 내 상투를 쥐고 흔드는 것 같았다. 끌려가면서도 그런 줄 몰랐다. 그게 행복이라고 믿으면서 기꺼이 갔으니까 옳고 그름을 판단할 일도 아니었다. 자잘하고 불길한 징후 같은 건 무시하고 걸었다. 끄떡없을 것 같아서였다. 불안이 나를 잘근잘근 씹어 삼키려는 즈음, 나는 심지어 오만했다.

요가원에서 느꼈던 아픔의 정체도 실은 오만이었

을 것이다. 그때 가장 무서운 아사나는 견상 자세였다. '아사나'는 산스크리트 어로 '앉다'라는 뜻. 요가에선 동작, 움직임, 자세를 뜻하는 말이다. 견상 자세는 산스 크리트어로 '아도무카스바나사나', 영어로는 다운워드 페이싱 도그(Downward-Facing Dog)라고 한다. 얼굴 은 아래로, 엉덩이는 하늘로 높이 들어 올리면서 상체 를 쭉 펴는 자세. 지면과 닿아 있는 부분은 두 손과 두 발뿐이다. 모르는 사람이 보면 호되게 기합받는 것처 럼 보인다. 5분 남짓의 웜업을 거치고 나면 거의 곧바 로 견상 자세로 이어졌다. 흐름의 시작, 고통의 자각이 었다. 입에선 탄식이 나오는데 곧 다물어야 했다. 요가 수련에선 코로만 호흡하니까.

　납득이 잘 안 됐다. 너무 아픈데 왜 아픈지를 몰랐 다. 그 와중에 살짝 옆을 보면 세상에 그런 평화가 없었 다. 나만 빼고 모든 사람이 유연하고 단정한 자세였다. 호흡 소리는 바닷가에서 듣는 바람 소리 같기도 하고, 내 방에서 창문을 활짝 열었을 때 들리는 소리 같기도 했다. 고통의 흔적도 안 느껴졌다. 평온하고 예쁜 소리 였다.

나는 토마토같이 달아오른 얼굴로 안절부절못했다. 뒤꿈치는 바닥에 닿지도 않았다. 무릎도 허리도 안 펴졌다. 고통도 고통이었지만 비교하면서 느끼는 괴로움도 잔인했다. 그 자세가 끝나기만을 기다렸다. 버티는 시간보다는 움직이는 시간이 그나마 나았기 때문이었다. 어정쩡한 자세로 움직이지도 못한 채 점점 쪼그라들고 있었던 건 내 몸이었을까, 자아였을까?

"썰물처럼 빠져나가는 온몸의 긴장감을 느껴 봅니다. 그저 가만히 놓아 주는 연습. 자신의 호흡에 의식을 집중합니다."

선생님은 자세와 자세 사이에 이렇게 말했다. 목소리는 평온하기 이를 데 없는데 나한테는 모조리 수수께끼 같았다. 아도무카스바나사나, 비라바드라사나, 트리코나사나 같은 이름은 듣기도 쓰기도 어려웠다. 무슨 밀교의 주문 같았다. 그런 음절들이 가로수처럼 스쳐 갔다. 그마저도 곧 안 들리기 시작했다. 선생님의 말에 따라, 옆에서 수련 중인 누군가의 아사나를 눈으로 좇으면서 가까스로 따라가던 시간이었다.

"오늘의 자세가 다를 수 있고, 내일의 자세가 또 다

를 수 있습니다. 오늘 되던 자세가 내일은 안 될 수도 있고, 어제 됐던 자세가 오늘은 안 될 수도 있어요. 오늘의 내가 할 수 있는 만큼, 서두르지 않고 오늘의 나를 받아들여 줍니다."

마음이 놓이는 말이긴 했는데, 나는 막 시작한 사람이니까 어제가 없었다. 내일은 알 길이 없었다. 오늘은 오늘의 아사나와 고통만 있었고 어떤 날은 배신당한 기분이었다.

"어떤 수업이든 들어가서 할 수 있는 데까지만 하면 돼요. 괜찮아요. 못 하면 어때? 재미있을 거예요."

웃으면서 말하던 선생님 얼굴이 떠올랐다. 나는 수업 내내 외롭고 곤란했는데, 그렇게 예쁘고 선한 에너지 속에 뚝 떨어진 고구마 모양 운석 같았다. 차갑고 딱딱한데 무겁기까지 해서 누가 선뜻 움직이기도 애매한 덩어리.

하지만 이 모든 몸과 마음의 고통과 고뇌는 다 30~40분 사이에 벌어진 일이었다. 수련이 끝나면 감각은 정말 썰물처럼 사라졌다. 오늘도 많이 모자란 나였지만, 조바심 내고 애쓰면서도 어쨌든 해냈다는 성

취감이 있었다. 야속하기만 했던 선생님의 말을 몸으로 이해하는 순간이었다. 심신의 곤란함과 아픔은 순간에만 영원 같았다. 끝나면 거기가 천국이었다. 시계를 볼 때마다 믿기지 않았다.

　수업은 웜업으로 몸을 풀고, 흐름을 타면서 자세를 익히고 버티다가 쿨다운으로 이어졌다. 긴장했던 근육을 풀어 주며 땀을 식혔다. 마지막은 '사바사나'였다. 팔과 다리를 적당한 간격으로 벌리고 손바닥을 위로 향한 채 가만히 누운 자세. '송장 자세'라고도 한다. 죽은 사람처럼 누운 자세라는 뜻이다. 약 5분의 시간, 결정처럼 옹골차게 관절과 근육마다 모였던 고통들이 거짓말처럼 흩어지면서 숲처럼 고요해졌다. 어떤 날은 마음까지 다 흩어져 사라진 것 같았다. 볕도 바람도 좋은 계절엔 딱 이 순간에 창문이 열리는 게 느껴졌다. 땀으로 흥건해진 몸 위로 바람이 불어왔다. 수련을 마칠 때마다 봄처럼 나른했다. 누구라도 용서할 수 있을 것 같았다.

　수련은 이 과정의 반복이었다. 갈까 말까의 고민, 고통에 대한 두려움, 아픔을 직면하는 순간, 버티고 버

티는 시간을 지나야 달디단 평화를 맛볼 수 있었다. 시간이 흐르고 경험이 쌓이면서 두려움과 고통은 점점 옅어졌다. 그래도 고민될 땐 사바사나의 평화와 쾌감을 생각했다. 매트 한 장만 있으면 지구 어디라도 괜찮을 것 같은 심정, 이 위에서 땀 흘리고 누울 수만 있다면 그 자체로 충만한 마음을 몇 번이나 기억하려고 애썼다.

그 어려웠던 아사나의 이름에도 천천히 익숙해졌다. 다른 사람을 둘러보면서 조바심을 자초하는 대신 나를 챙길 수 있게 됐다. 발가락, 쇄골, 장골, 갈비뼈를 통제하는 세세한 감각에도 천천히 적응했다. 내 몸을 서서히 재구성하는 것 같았다. 발뒤꿈치가 바닥에 닿고 무릎이 펴질 때 느꼈던 성취감을 아사나마다 발견했다. 몇 개월 전의 오른손과 왼손은 강처럼 멀었는데 어느 날 갑자기 딱 잡히던 순간의 낯선 쾌감. '내 배에도 근육이 있었구나!' 자각하면서 내 몸에 미안해하던 순간마저 애틋했다.

그때, 요가의 세계는 냉정하고 정직해 보였다. 딱 수련한 만큼만 엄정하게 열렸다. 다만 아무것도 배신

하지 않았다. 그로부터 오는 믿음이 내 안에서 차곡차곡 단단해졌다. 그게 좋아서, 매일 그렇게 고민하고 괴로워하면서도 일주일에 세 번, 한 달 열두 번의 수련을 꼬박꼬박 했다.

　나는 냉정하지만 신사적인 이정표 앞에 혼자 서서, 이제야 옳은 길을 찾은 것 같았다. 요가의 세계는 끝이 없어 보였고, 영원한 세계에만 기대할 수 있는 막연한 평화가 있었다. 고통도 평화도 다 과정이라는 걸 경험으로 알아 가던 때. 나와 나를 둘러싼 모든 것들이 아주 천천히 변하고 있었다.

이효리가 하는 그거,
너도 할 줄 알아?

요가원으로 향할 때의 나는 거의 맨몸이었다. 아무 것도 필요 없으니까, 사무실을 나설 때마다 그렇게 가뿐했다. 불필요한 건 탈의실 사물함 안에 모조리 풀어 놨다. 시계나 휴대전화, 누군가에게 써야 하는 이메일이나 얼른 마무리해야 하는 원고, 내일 해야 하는 일에 대한 걱정과 바로 직전의 스트레스까지 다 넣어 두고 봉인하듯 잠가 버렸다.

요가는 그렇게 조용하고 단호한 차단이었다. 한 시간 남짓의 완벽한 평화를 위해 하루를 버티는 것 같았다. 몸은 아주 서서히 변하고 있었다. 낯선 감각을 체험하는 순간이 쌓이고 또 쌓였다. 허벅지와 등 뒤를 거쳐 맞잡을 수 있게 된 두 손, 다리를 벌리고 앉아서 상체를

내렸는데 가슴이 바닥에 닿았던 저녁의 기억이 몸에 새겨지기 시작했다. 내 몸은 딱 수련한 만큼 강해졌다. 그럴 때마다 정수리 위로 하얗게 빛나는 별 하나가 떠오르는 것 같았다. 나만 아는 기쁨, 은밀한 성취감. 나는 점점 더 깊이 즐겼다.

이해할 수 없는 날도 있었다. 어제 됐던 자세가 오늘은 안 됐다. 아무리 뻗어도 닿질 않았다. 어제 서로 고백했던 애인과 오늘 헤어지는 기분. 물살과 반대 방향으로 수영하는 느낌. 전진과 후진을 반복해 결국 제자리인 것 같은 날. 내 몸이 거짓말을 하는 것 같았다. 선생님은 이런 말을 자주 하셨다.

"오늘은 오늘의 몸이 허락하는 곳에서 머물러 주세요. 어제와 오늘은 다를 수 있어요. 매일 하던 자세가 갑자기 안 될 수도 있고 어제까지 안 되던 자세가 갑자기 될 수도 있습니다."

모르는 사람이 들으면 '봄이 지나면 여름이 오고 여름이 지나면 가을이 옵니다' 같은 말일 수도 있다. 하지만 정말 그랬다. 몸은 매일 달랐다. 내 몸이 계절 같았다. 컨디션은 날씨 같았다. 머리로 아는 것과 몸으로

경험하는 건 완전히 다른 차원이었다.

도리 없이 무력해지는 날도 있었다. 어떤 아사나는 벽처럼 굳건했다. 뚫을 수도 넘을 수도 없고, 자신감도 패기도 소용없었다. 강해졌다고? 나는 이내 부끄러워졌다. 근육? 원래 거기 있었던 걸 이제 발견했을 뿐이었다. 힘은 팔에도 없고 배에도 없는 것 같았다. 어떤 아사나 앞에서, 나는 아무것도 아닌 존재였다.

그날도 나는 아무것도 할 수 없어서 그냥 앉아 있었다. 뚝뚝 떨어지는 땀을 닦고 입은 살짝 벌린 채, 허탈하고 놀라운 마음으로 주위를 둘러보았다. 놀라운 광경이었다. 거의 모든 수련생들이 거꾸로 서서 나무처럼 자라고 있었다. 머리를 뿌리 삼고 팔꿈치를 흙 삼아 하늘로 일어서고 있었다. 모두 가늘고 여려 보였던 사람들이었다. 수련을 시작하니 모두 나보다 훨씬 강한 몸이었다. 넋을 놓고 그들을 보고 있을 때, 선생님은 웃으면서 말씀하셨다.

"다들 굉장하죠?"

"네, 어떻게……?"

나는 이 아사나의 이름을 기억하려고 애썼다. 몇 분

전, 선생님의 시범을 마음속으로 몇 번이나 복기했다.

"오늘은 우리 시르시아사나, 머리서기 할 거예요. 헤드 스탠드(Head Stand)라고도 해요. 일단 한번 보고 같이 연습하는 시간 갖고. 이렇게 손을 매트 위에서 깍지 껴서 손과 양 팔꿈치와 삼각형을 만들 수 있도록 이렇게…… 그다음에 정수리를 이렇게 대고……"

바닥에 닿은 부분은 팔꿈치 아랫부분의 팔과 정수리뿐이었다. 그렇게 골반을 하늘로 올리고 무릎을 펴고, 선생님의 발이 한 걸음 한 걸음씩 얼굴과 가까워졌다. 상체가 곧게 펴지면서 골반 전체가 천장과 가까워졌다. 그러다 바닥에서 발이 톡 떨어졌다. 소리 없이, 그대로 '스스슥' 하고 상체와 하체가 직선이 되기 시작했다.

저 힘은 어디서 나오는 거지? 누가 하늘에서 끌어 올리는 것 같았다. 몇 년 전, 한강에서 장사익 선생의 노래를 들을 때도 비슷하게 신비로웠다. 그 어마어마한 소리가 선생의 작은 몸 어디에서 나오는지를 가늠할 수가 없었다. 목? 머리? 배? 오래 보고 있으면 그저 전신으로부터였다. 어떤 부분의 힘이 아니었다. 기교

도 아니었다. 총체적인 에너지였다.

시르시아사나를 처음 보고 배웠던 날의 충격은 꽤 강했다. 도전과 자괴감, '하고 싶어!'와 '왜 안 되지?'가 반반이었다. 그날, 몇 번인가 시도하다 도저히 못 하겠어서 둘러보면 다들 의젓하고 독립적인 나무가 되어 있었다. 거꾸로 꼿꼿하게 서서, 어떤 바람이나 비도 이겨 낼 준비를 마친 것 같았다. 미세하게 흔들렸지만 웬만해선 쓰러지지 않았다.

올라가는 것보다 유지하는 게 훨씬 어렵다는 건 나중에 알았다. 엄청난 집중력, 단호한 표정과 결의. 땀은 거꾸로 흘러내려 요가 매트 위로 떨어졌다. 그렇게 고요한 와중에 유일하게 격렬했던 건 오로지 호흡이었다. 입은 꾹 다물고 코로만 쉬는 숨이었다. 모든 에너지가 그 안에 있었다. 멈추지 않는 호흡 안에서 스튜디오 전체가 경건해지고 있었다.

"우성 씨도 할 수 있어요, 열심히 수련하면."

선생님의 여전한 미소, 나는 궁금한 것투성이였다. '코어의 힘'이라는 게 어떻게 저렇게 부드럽게 하체를 들어 올릴 수 있는지. 어깨를 넓게 쓰고 팔로 바닥

을 밀어내는 힘을 계속해서 써야 한다는 게 대체 어떤 감각인지 알 길이 없었다. '그 코어라는 게 나한텐 없나 봐…….' 시무룩할 즈음의 어떤 날에는 벽에 의지하는 방법을 배웠다. 차근차근 힘을 키우는 방법이었다. 나는 벽의 도움으로, 그제서야 거꾸로 설 수 있었다.

세상을 거꾸로 본다는 게 어떤 느낌인지 그제야 조금 알게 됐다. 낯섦과 개운함이 반반이었다. 그렇게 거꾸로 서서 나는 숨 쉬는 것도 잊고 신기해서 웃고 있었던 것 같다. 눈에 들어오는 게 다 새로웠다. 심지어 조금 어려진 것 같았다. 강아지들은 이래서 발랄한 거겠지? 내 몸이 한없이 가벼워진 것 같았다.

하지만 영원히 벽에 의지할 순 없었다. 혼자 설 줄 알아야 했다. 벌판에 머리로 선 채로도 가벼워지고 싶었다. 그게 진짜 자유 같았다. 벽 없이 수련을 시작한 후에는 셀 수 없이 등으로 떨어졌다. 그럴 때마다 '철푸덕' 하고, 강한 힘으로 침묵하는 스튜디오에서 거의 유일하게 절박하고 차진 소리를 내는 사람이 바로 나였다.

"괜찮아요, 또 올라가면 돼요."

포기하지 않는 것만이 나의 재능 같았다. 수련 시

간이 허락할 때까지 몇 번이고 다시 올라갔다. 그렇게 등으로 떨어지다 나중엔 앞으로 구르는 방법을 터득했다. 균형이 흐트러지는 순간 몸을 둥글리는 타이밍을 찾아냈다. 그럼 조금 덜 민망하고 더 조용하게 실패할 수 있었다. 더 연습했더니 앞으로 구르는 대신 발로 사뿐하게 떨어지는 감각도 알게 됐다. 넘어지는 법을 알게 된 후엔 두려움이 조금씩 사라지기 시작했다. 실패해 봐야 앞구르기밖에 더 하겠어? 떨어져야 등 아니겠어?

　출장 중인 호텔의 밤, 마감을 마치고 돌아간 내 방에서도 연습했다. 벽에서 점점 멀어졌다. 거꾸로 떨어지는 빈도도 줄었다. 거꾸로 유지할 수 있는 시간이 점점 늘어나기 시작했다. 입을 꾹 다물고 호흡의 개수를 헤아릴 때 격렬하게 오르내리는 배, 발 끝까지 들어가는 힘, 한곳을 보면서 집중하는 감각도 서서히 찾아냈다. 그 모든 힘의 중심에 코어 근육이 있었다. 나한테만 없는 게 아니었다. 쓸 일이 없으니까 인식도 못했던 거였다. 거기가 내 몸의 중심이었다.

　"요가 어때요? 그렇게 힘들진 않죠? 좀 이렇게 고

요하게 스트레칭하는 느낌일 것 같아 좋을 것 같아요."

관심이 생겼는데 경험은 없는 누군가에겐 이런 질문을 자주 들었다. 아주 틀린 얘기는 아니었다. 고요하게 몸의 구석구석을 펴 주는 느낌으로 듣는 수업도 있고 완벽한 이완을 위한 수업도 있으니까. 그래서 이렇게 대답했다.

"약간 영화 장르 같은 느낌이라고 생각하시면 돼요. 그런 장르의 요가도 있고, 다른 장르의 요가도 있고. 다양하게 들어 보고 좋은 수업 컨디션에 맞게 골라 들으시면 돼요. 근데 기본적으로는 근육을 굉장히 많이 써요. 점점 강해지고, 강해져야 하고, 유연해지고, 땀도 진짜 많이 나고."

"땀이 나요?"

"그럼요, 요가만큼 드라마틱하게 땀을 많이 흘리는 운동이 없었던 것 같아요. 검도도 배워 보고 유도도 배워 봤지만."

"그럼 그것도 할 줄 알아요? 그 물구나무서기, 이효리 씨가 하던 그런 것."

"아, 머리서기요? 시르시아사나?"

나는 웃으면서 대답했다.

"할 줄은 아는데, 계속 연습하고 있어요. 어떤 날은 잘되고 어떤 날은 넘어지고. 어떤 날은 1분도 버티는데 어떤 날은 호흡 열 번도 못 채우고 그래요."

할 때마다 멀었다고 생각한다. 좋았던 날도 완벽하지는 않았다. 하지만 열심히 수련하고 요가원을 나설 땐 세상 무서울 게 없었다. 나는 점점 강해질 거니까. 포기하지 않는 것만이 재능이니까. 아주 느리더라도 뒷걸음질 치지는 않을 테니까.

요가를 안 하는 나는
아무것도 하지 못하고

아침에 일어났더니 허리가 뻑뻑했다. 키가 좀 작아진 것 같기도 했다. 몸이 좀 줄어든 걸까? 근육이 수축한 걸까? 움직일 때마다 관절에서 '찌뿌드드' 노래하는 작은 새가 사는 것 같았다.

조짐은 침대에서 일어나기 전부터 있었다. "6시간 후에 알람 맞춰 줘." 휴대전화에 부탁하고 잠든 밤이었다. 평소였다면 눈을 뜨고, 기지개를 켜고, 그래도 정신이 들지 않으면 침대 위에서 간단하게라도 움직였을 것이다. 아기 자세로 아래 허리와 어깨를 풀어 줬을 것이다. 소, 고양이 자세를 몇 번 정도 반복하면서 허리가 정신 차릴 수 있는 틈을 찾아 줬을 것이다.

하지만 알람 소리에 눈을 뜨자마자 재빨리 해제했

다. 그대로 눈을 감았다가 30분 후에 다시 깼다. 시간이 그렇게 흐른 걸 자책하면서 다시 휴대전화를 손에 들었다. 이때부터는 멈출 수 없는 루틴에 빠져들었다. 인스타그램과 페이스북, 트위터와 유튜브의 무한 반복. 위험하고 무기력한 습관이었다.

기자였을 땐 주로 마감 때 빠져들던 무기력 루틴이었다. 할 일은 너무 많은데 너무 하기 싫을 때. 당장 마무리해야 하는 일이 너무 많으니까 아무 데도 손을 대기 싫을 때 가장 쉽게 도피할 수 있는 탈출구이기도 했다.

인스타그램을 훑으면서 무수한 하트를 눌렀다. 페이스북을 열고 '좋아요'를 안부 인사처럼 눌렀다. 트위터에는 내가 좋아하는 동물 사진들을 올려 주는 사람들이 많았다. '바흐흐흑'이나 '차이코프스키키키' 같은 '짤방'을 저장해 놓고 보는 일도 사소한 즐거움이었다.

이 무의미한 도피에 마침표를 찍어 주는 건 주로 인스타그램이었다. '모든 포스트를 확인했습니다'라는 메시지. 허무와 자괴감에 마침표를 찍어 주는 한마디. 쓸데없는 짓은 이제 그만하고 일 좀 하라는 소셜미디어의 권유.

이런 도피를 아침에 한다는 건, 내가 조금 심각한 지경에 빠져 있다는 다른 증거이기도 했다. 알 수 없는 무기력이랄까, 우울이랄까. 이 정도의 우울감을 우울증이라고 불러도 될까? 절대로 죽고 싶지는 않은데 아침마다 몸을 일으키기가 그렇게 힘들었다. 몸을 일으키면 해야 하는 전화, 써야 하는 이메일, 처리해야 하는 일이 너무 많았다. 할 일이 별로 없는 날도 너무 많은 것처럼 느껴졌다. 뽀송뽀송한 침대 위, 눅눅하고 무거운 건 내 마음뿐이었다.

7시에 울린 알람을 해제하고 30분, 7시 30분부터 보기 시작한 SNS 투어를 마친 건 8시 30분. 자괴감과 무기력 속에 던져 놓은 전화기. 다시 엎드려 눈을 감고 보내는 30분. 결국 자리에서 일어난 건 9시였다. 늦은 시간은 아니었다. 그렇다면 이제 활기찬 하루를 시작할 수 있을까?

침대에서 일어나자마자 바로 옆에 있는 화장실에서 샤워를 할 수 있었다. 그렇다면 조금 다른 하루가 될 수 있었을 것이다. 하지만 침실 문을 열고 나가면 거실이었다. 거실엔 소파가 있었다. 나는 여전히 무거운 몸

으로 기지개 한 번 켜지 않고 비척비척 거실로 향했다. 양쪽 팔걸이엔 어젯밤 내 어깨와 목과 뒷통수의 무게를 받치고 있던 그 모양 그대로 파란색 쿠션이 놓여 있었다.

누웠다. 그래선 안 됐는데. 리모컨을 들었다. 정말 그래선 안 됐는데. 넷플릭스를 켰다. 어제 보다 잠들었던 드라마를 다시 켰다. 한 편이 끝나기까지는 25분 정도 남아 있었다. 결심했다. 그래, 25분 정도는 괜찮겠지. 딱 25분 후에는 일어나서 샤워를 해야지. 사과를 깎아 먹고 커피를 내려야지. 서재에 가서 오늘 해야 하는 일들을 차근차근 해내야지.

매일 이랬던 건 아니다. 드라마처럼 상큼하게 시작하는 아침도 있었다. 가벼운 마음으로 일어나서 곧바로 샤워와 면도를 한다. 머리에도 셰이빙 폼을 바른다. 모발도 깔끔하게 면도한다. 얼굴과 몸에 필요한 것들을 바르고 옷을 입는다. 소파는 쳐다보지도 않고 냉장고를 연다. 가볍게 죽을 덥혀 먹거나 사과를 깎는다. 어제 밤 뉴스 클립을 몇 개 훑고 나서 가방을 챙겨 집을 나선다.

하지만 오늘의 마음은 무방비 상태였다. 활기차기보다는 무기력한 편이 훨씬 쉬웠다. 일을 촘촘히 해내기보다 멍하니 있는 편이 수월했다. 실은 산책을 나갈 컨디션도 아니었는데, 산책마저 하지 않으면 인생을 망칠 것 같아서 운동화를 신는 밤도 여러 번이었다.

사람과 사람 사이에서 부지불식간에 주고받는 상처는 또 왜 그렇게 많은지. 어제 들었던 그 한마디는 왜 머리에서 떠나지를 않는지. 믿고 또 믿었던, 몇 번이나 실망했어도 끝내 믿었던 누군가에게 느낀 배신감은 내 등만큼 넙적한 거머리가 돼서 마음의 평화와 근육의 활력을 다 빨아먹고 있었다. 내가 좋아하고 나를 좋아하는 줄 알았던 사람들이 한순간 나를 비난하는 것 같았다. 실제로 벌어진 일은 하나도 없었다. 피해망상이었다. 내 마음에 지옥의 건축가가 살고 있었다.

일은 어떻게든 해낼 수 있었다. 소파에서 일어나 몸을 움직이기 시작하면 정신도 조금씩 차가워지기 시작했다. 주차장에서 베스파에 시동을 걸면 '찌뿌드드' 울던 새들도 좀 조용해지는 것 같았다. 그렇게 다시 평범한 사람인 척을 했다. 나쁘지 않은 하루를 보내려고

애썼다. 일의 효율은 예전 같지 않았지만 폐를 끼칠 만큼은 아니었다. 하지만 요가원에 갈 수 있는 시간을 확보할 수 있는 만큼은 못 돼서, 수련 시간이 다가올 때마다 부채 의식에 시달렸다.

그때 일하던 사무실과 요가원은 도보로 10분 거리였다. 조바심은 요가 수업 40분 전부터 일어나기 시작했다. 오후 12시 수련을 앞두고는 11시 20분부터 조바심이 났다. 지금 하고 있는 일을 10분 안에 마치면 10분 동안 걸어가서 10분 동안 수업 준비를 할 수 있었다. 딱 한 시간 동안 수련하고 평화를 만끽할 수 있었다.

하지만 25분에 걸려 온 전화 통화가 35분에 끝났다. 일을 마무리했더니 45분이었다. 뛰어가면 수련할 수 있었지만 그럴 기력이 없었다. 5분 동안 고민하다 50분이 되었다. 이제 12시 수련은 갈 수 없으니 2시 수련에 가야 할까? 너무 가고 싶어서, 하지만 매번 쫓겨야 했기 때문에 시간마다 아랫배 언저리에서 나비 한 마리가 펄럭거리는 것 같았다. 간지러움과 매스꺼움 사이에서 이러지도 저러지도 못했다.

끝난 게 아니었다. 아침을 거르고 출근했더니 12

시 30분에는 배가 너무 고팠다. 그때 점심을 먹으면 2시 수련도 할 수 없었다. 요가 수련은 되도록 공복일 때, 최대한 속이 편할 때 해야 버틸 수 있다. 다음 수련은 저녁 7시에 있었는데, 이런 날은 보통 6시쯤부터 지치기 시작했다. 집에 가서 밥이랑 국이랑 잘 차려 먹고 드라마라도 한 편 보면서 마음을 쉬는 편이 내일을 위해 좋지 않은가, 그런 생각을 하게 되는 것이었다.

이 모든 고민 사이에, 실은 수련 자체가 너무 힘들다는 고민과 공포 또한 섞여 있었다. 아침에 일어나는 것도 그렇게 힘들었는데 역자세를 할 수 있을까? 무릎을 그렇게 굽히고 오래 버틸 수 있을까? 차투랑가단다사나를 제대로 해낼 수나 있을까? 아플 거야. 힘들 거야. 땀이 비처럼 흐를 거야. 오늘은 그렇게 하고 싶지 않아. 오늘의 나에겐 그럴 힘이 없어. 이따 집에 가서 잠들기 전에 혼자 수련해야지.

일은 그런대로 해냈다. 집에 가서는 밥을 차렸다. 식사를 하면서 드라마 한 편을 봤다. 사과와 키위를 먹으면서 한 편을 더 봤다. 그랬더니 거의 10시가 되었다. 하루가 다 끝난 것 같은 기분이었다. 매트는 깔지 않았

다. 대신 몇 개의 사이트와 인스타그램, 페이스북, 트위터와 유튜브를 다시 돌기 시작했다. 책도 손에 쥐지 않았다. 머릿속이 매캐해졌다. 시간이 안개 속에 있는 것 같았다. 눈에서 '뻑뻑 뽀득' 작지만 거칠게 우는 짐승이 느껴지기 시작할 즈음에야 나는 억지로 잠을 청할 것이었다.

숙면을 취할 수 없을 걸 알았다. 몸과 마음이 이러니까, 내일 아침에는 다시 관절에서 '찌뿌드드' 새소리를 들을 게 분명했다. 우울하다 말하지 않는다 해서 우울하지 않은 건 아니고, 해야 하는 일을 차질 없이 해낸다 해서 멀쩡한 것도 아니었다. 나는 부정의 나선계단을 타고 아래층으로 천천히 걷고 있었다.

머리로는 알고 있었다. 단 한 시간의 수련이면 이 흐름에 균열을 낼 수 있을 것이었다. 그 작은 균열 사이로 편안함과 희열이, 힘과 의지가 다시 움틀 수 있다는 것도 알고 있었다. 하지만 오늘은 어영부영 밤이 되었다.

새벽 2시 30분. 잠을 청한다고 누굴 비난하거나 욕할 수는 없는 시간. 이를 닦고 침대에 누웠다. 팔과 다리를 편한 정도로 벌리고 손바닥을 위로 했다. 천천

히 숨을 쉬면서 눈을 감았다. 마시는 숨과 내쉬는 숨의 깊이와 리듬을 헤아렸다. 발, 종아리, 골반, 배, 가슴, 어깨, 머리를 차례로 의식하면서 차례차례 힘을 뺐다. 손가락 끝까지, 발가락 끝까지, 머리카락 끝까지 이완하려고 애를 썼다. 애를 쓰는 의식조차 버리고 싶었다. 말하자면 사바사나. 죽음을 연습하는 자세.

　울지 않았지만 울고 싶은 기분으로 가만히 누워 있었다. 숨을 쉬니까 살아 있는 거라고, 살아 있으니 삶이라고, 내 숨이니까 내 삶이라고 생각했다. 내 것이니 내가 사랑하지 않으면 안 된다는 데까지 생각이 미치자 가슴 언저리가 살짝 더워지는 것 같았다. 오늘은 죽음같이 잠들었으면 좋겠어. 내일은 다시 태어났으면 좋겠어. 문득 눈을 떴을 땐 하늘이 새벽이었다.

도망치는 분노,
원래의 내 마음

그때, 나를 지배한 감정의 8할은 분노였다. 교묘한 덫에 걸려서 하면 할수록 옭혀드는 것 같았다. 덫에서 벗어나는 것, 그물을 끊는 일이 어려운 건 아니었다. 하지만 마음이 쉽지 않았다. 일은 일로만 그치는 게 아니었다. 결국 다 사람이 하는 일. 일보다 어려운 게 관계였다.

나는 몇 가지 행운을 고루 갖고 있었다. 하고 싶고 좋아하는 일이 있었다. 그 둘을 동시에 직업으로 삼을 수 있었다. 돈이 목표였다면 선택할 수 없는 직업이었는지도 몰랐다. 잡지 기자, 에디터가 돈을 많이 버는 사람은 아니니까. 존경하는 어른이자 상사, 전《지큐》편집장 이충걸은 늘 말했다. "잡지 에디터는 탐할 수 있지

만 취할 수는 없는 직업"이라고. 매달 비싸고 좋은 걸 그렇게 많이 보고 느끼고 평하지만 그걸 살 돈은 없기 때문이었다. 그래도 매달 고르게 즐거웠다.

그때 내 연봉은 대학 동기들의 60퍼센트 수준이었다. 부끄럽지 않았고 쫄릴 일도 아니었는데, 마음 한구석에 뾰족한 자존심 하나가 올라오는 날이 없지 않았다. "오늘 이건 네가 사는 거다." 웃으면서 얘기하면 "우성아, 2차도 내가 살게." 하는 고마운 친구들이 있었지만 2차는 내가 사고 싶었다. 맛있고 좋은 음식으로, 친구가 미안해하지 않아도 되는 입장에서. 나는 가끔 물었다.

"한 달에 그렇게 많이 벌면 괜찮아? 행복해?"

착한 친구들은 말했다.

"너도 나중에 받아 보면 알 텐데. 그렇게 다르지 않을 거야. 조금 편하긴 한데, 그렇다고 인생이 바뀌는 건 아닌 것 같아. 애들도 키워야 하고, 이사도 가야 하고."

또 다른 친구는 말했다.

"연봉 1000~2000만 원 차이 그거 별거 아니야. 우리 지금 저녁 맛있는 거 먹고 있잖아? 지금 이 식당

에서도 정말 맛있게 먹고 있는데, 나만큼 벌면 가끔 호텔에 갈 수 있어. 아니면 스시 같은 거 있지? 비싼 거. 그런 데 가끔 가고, 좀 비싼 옷 살 때 망설이지 않아도 되고, 그런 정도?"

"그렇게 열심히 일했는데 그 정도 호사 누리는 거 괜찮지 않아? 그게 행복이고."

"그런데 우성아 생각해 봐. 그게 꼭 필요한 건 아니잖아? 내가 여기서 언제까지 벌 수 있겠어? 지금 받고 있는 이 연봉은 그때 가면 싹 사라져. 그래서 가끔 허탈하기도 해. 무섭기도 하고."

"그래도 지금은 좀 부러워."

"넌 하고 싶은 일을 하고 있잖아. 꿈을 이루고 있고. 나는 이제 그런 게 없어. 기억도 안 나."

꿈꾸던 일, 좋아하는 일, 잘하는 일을 직업으로 삼으면 절대 안 된다는 말은 누가 했더라? 꿈은 취미로 남겨 두어야 하고, 돈벌이는 돈벌이로 머물게 둬야 평정심을 유지할 수 있다는 말은? 하지만 현실을 선택한 친구들은 꿈을 잃어서 억울하다고 말했다. 바라던 일을 하는 나는 돈과 멀어지고 있었다. 진짜 원하는 삶을

사는 사람들은 누구였을까?

그래도 모자란 게 별로 없었다. 너무 바쁘니까 돈 쓸 일도 별로 없었다. 신용카드는 서른에 겨우 만들었다. 사무실에선 좋은 사람들과 내내 함께였다. 참 유능했던 동료들. 어떤 일을 같이 해도 제 몫 이상을 반드시 해내던 사람들. 까탈스럽지만 존경하지 않을 수 없는 선배들까지. 일도 많고 건강도 상했지만 대체로 괜찮았던 건 그래서였다. 내 선택이었다. 얻는 것 없이 힘들기만 했다면 진작 다른 길을 찾았을 테니까.

하지만 영원한 것도 없었다. 그만둬야 하는 순간이 왔다. 이유가 딱 하나만 있는 결심은 없을 것이다. 첫 두 직장을 그만 둘 땐 내가 그렇게 많이 울 줄 몰랐다. 내가 그 회사와 동료들을 그렇게 사랑한 줄, 그렇게 아쉬워하고 그리워할 줄도 몰랐다. 세 번째 직장을 그만둘 즈음에는 조금 다른 기분이었다.

문장을 칼로 쓰는 사람이 있다는 걸 그때 정확히 알았다. 글에 베인 상처의 회복에는 기약이 없었다. 마음의 상처를 심하게 입으면 몸이 반응하게 됐다. 말이 안 나오거나 손이 떨리거나 머리가 멍해졌다. 하지만

호소하지는 않았다. 이의를 제기하지도 않았다. 악의에는 메시지가 있었고 이해했으니 괜찮다고 여겼다. 좋아하는 일이니까 일만 할 수 있으면 좋은 거 아닌가, 다소 순진하게 생각하기도 했다.

"선배 요즘 괜찮으세요?"

"응, 그럼. 왜?"

"눈이 운 것 같은데. 혹시 울었어요?"

"아닌데? 피곤해서 하품했는데?"

그 와중에도 누군가는 내 속을 헤아리고 있었다. 하지만 이해는 이해, 상처는 상처. 아침엔 몸을 일으키기가 힘들었다. 생각보다 일찍 깨서 생각보다 오래 뒤척였다. 그즈음에는 아무 일도 하지 않고 누워서 허송하는 시간이 많이 있었다. 눈은 늘 조금씩 울고 있었다. 일에 효율이 떨어지기 시작하면 그 사실 자체로 또 괴로웠다. 해야 할 일이 밀리고, 밀리면 조바심이 나고, 그런 리듬으로 기약 없는 야근에 시달리는 악순환이었다.

혼자서 별말 없이 괴로워하다가 그 괴로움, 비효율, 우울의 근원에 분노가 있다는 걸 알아채는 데 2개월 정도가 걸렸다. 철학 시간에 만난 한 문장이 단서였다.

"감각들이 스스로 대상으로부터 물러나고 모방한다."

프라티야하라(Pratyahara)라는 산스크리트어 옆에 쓰여 있던 문장이었다. 처음엔 수수께끼 같았다. 그후 몇 개월 동안은 이 하나의 문장에 대해 내내 생각했다. 수련할 때도 마찬가지였다. 그때는 첫 호흡의 마법도 통하지 않았다. 매트 위에 앉아서 첫 호흡을 마시고 내쉬어도 몸이 준비가 안 됐다. 머릿속이 잿더미였다. 누가 쿡 누르면 눈물이 쏟아질 것 같았다. 마음이 무거우니까 몸도 무거워서, 웜업이 끝나고 첫 번째 견상 자세를 취할 땐 다 귀찮았다. 어떤 감각이 어떻게 물러나고 모방한다는 건지 도무지 알 길이 없었다.

"요가 수행자를 연꽃에 비유하곤 해요. 어떤 상황에서도 수련하는 사람. 진흙에서도 꽃을 피우는 사람. 우리 마음이 진흙탕 같을 때가 있잖아요? 직장에서 어떤 일이 있을 수도 있고, 어떤 관계 속에서 그런 상태가 될 수도 있죠. 그래도 오늘 우리는 매트 위에서 수련할 수 있는 기회를 스스로 찾았잖아요. 그것만으로도 참 칭찬받을 만해요. 진흙탕에 매트를 깔았잖아요. 이제

수련으로 꽃을 피우는 사람이 되는 거예요."

신기하지. 선생님은 가끔 굉장히 치명적인 얘기를 아무렇지도 않게 했다. 그날도 그런 날이었다. 내 마음이 진창이었다. 연꽃을 피우리라고는 생각도 할 수 없는 정도의 시궁창. 하지만 천 근 같은 몸으로 시작했던 수련은 열기와 땀 속에서 점점 가벼워졌다. 수련의 약속이었다. 사바사나로 누워 있을 때, 선생님이 다시 한번 말했다.

"시작할 때 혹시 무겁고 복잡한 마음이었다면 지금의 마음과 한번 비교해 보세요. 지금 이렇게 누워서 한 시간 동안의 수련을 하나하나 비워 내는 거예요. 마음도 비워 내고, 몸에서도 힘을 빼는 시간……."

말 그대로였다. 한껏 고조됐던 몸은 사바사나에서 다시 하나하나 가벼워지고 있었다. 근육 단위로 힘을 뺐더니 머리도 가벼웠다. 노곤한 성취감, 명료한 집중력이 자리를 잡기 시작했다. 시작할 때의 우울과 분노는 다 어디 갔지? 수련이 전쟁이었다면 내가 취했던 모든 아사나가 승리한 것 같았다. 마침내 깨끗해졌다. 작은 꽃 하나를 본 것 같기도 한데……. 다시 한 단어가

떠올랐다.

"감각 철수."

수련 전에 느꼈던 더러움이 스스로 물러난 것 같았다. 내가 갖고 있던 분노가 그 분노의 대상으로부터 떨어져 나와서, 수련을 마친 후의 나의 의식과 닮아 가며 평화로워진 상태. 대상으로부터 자유로워진 분노 그 자체를 바라보고 이해하면서 감정을 희석시키는 정화로서의 수련이었다.

대상이 없는 분노는 분노가 아니었다. 그건 감정의 원형에 가까웠다. 다른 어떤 감정으로든 변화할 수 있는 가능성을 갖고 있었다. 그때 중요한 건 오로지 나였다. 내가 깨끗하면 그 작은 감정도 깨끗해졌다. 내가 편안하면 그 감정도 편안해졌을 것이다. 수련은 감정을 독립시킨다. 혼자가 된 감정은 다시 자유를 찾는다. 자유를 찾은 감정은 마침내 내 것이 된다. 좋은 흐름이었다.

눈을 뜰 무렵엔 연꽃만큼의 깨달음을 얻은 것 같았다. 집으로 가는 길은 한달음이었다. 이튿날 아침은 오랜만에 산뜻했다. 문득. 나한테 필요했던 건 분리가 아니었을까 하고 생각했다. 감정과 대상을 분리한 후에

하나하나 바라보는 시간. 필요하다면 대상과 나를 물리적으로 분리해야 하는 시기가 된 것은 아니었을까. 진창에서 내린 결정이 좋은 결과로 이어진 적은 없었다. 하지만 오늘같이 맑은 컨디션에서 내린 결정이라면.

회사를 떠나니 사람이 보였다. 떨어져 나오니 개별 존재가 보였다. 일이 사라지니 관계가 드러났다. 결국 사람과 사람이 하는 일. 나 자신에 대해서도 조금 더 깨달았다. 겉으로는 평화로워 보였지만 마음속은 사실 지옥이었던 것도. 내내 사랑받는 줄 알았지만 그게 또 그렇지 않았다는 것도 알았다. 대체로 나긋나긋한 줄 알았던 내 말투에는 사실 씨알도 안 먹힐 정도의 단호함이 있다는 사실도.

좋아하는 일, 잘하는 일, 돈은 좀 덜 벌어도 괜찮았던 그 일은 이제 모두 과거가 되었다. 유능했던 동료들과 좋았던 사람들도 서로 다른 공간에 속하게 됐다. 나는 또 얼마나 변할 수 있을까. 나는 스스로의 감정을 얼마나 분리해 낼 수 있을까. 의문문 속에는 답이 없으니, 나는 다시 매트 위에 앉아 호흡을 헤아리기 시작했다.

아도무카스바나사나,
견상 자세

개인 교습으로 요가 수련을 시작하지 않는 이상 처음 몇 개월의 아사나는 눈치로 따라가야 한다. 걱정하지 않아도 좋다. 앞에는 선생님이 있다. 주변에는 능숙한 수련생이 몇 명은 있을 것이다. 다만 성인이 된 후에 이렇게까지 낯설고 미숙한 상태에 놓일 일 자체가 없었을 테니, 조금은 당황스럽고 민망할 가능성은 있다. 하지만 절대 걱정할 필요 없다. 그건 혼자만의 마음일 뿐, 스튜디오 안의 누구도 낯섦과 미숙함을 근거로 타인을 판단하지 않기 때문이다. 일단 수련을 시작한 스튜디오 안에서 몸을 움직이다 보면 다른 사람의 시선 같은 건 신경 쓸 겨를이 없다.

하지만 고통과 당혹은 오로지 나의 것. 첫 수업에서 나를 가장 당황스럽게 했던 아사나가 바로 아도무카스바나사나, 견상 자세였다. 아도(Adho)가 '아래로', 무카(Mukha)가 '얼굴', 스바나(Svana)가 '개', 아사나(Asana)가 '자세'라는 뜻이니, 막 잠에서 깬 개가 기지개를 켜는 모습을 연상하면 쉽다.

그림을 가만히 보고 있으면 몸의 어떤 부분이 어떻게 펼쳐지고 힘이 들어가는지 대략 알 수 있다. 일단

몸의 뒷면이 쭉 펴진다. 아킬레스건부터 종아리, 햄스트링을 거쳐 요추, 흉추, 경추를 한 선 위에서 강력하게 스트레칭할 수 있다. 능숙해지면 정말이지 시원하다. 그림만 봐도 주름이 다 펴지는 것 같다. 하지만 요가를 처음 시작했을 때는 바로 이 포인트에서 두려움이 시작됐다.

당시의 내 허리는 조금 심각한 수준으로 망가져 있었던 것 같다. 출근해서 일을 하다가 오후 2시쯤 되면 아래 허리가 묵직해졌다. 자리에 오래 앉아 있기가 힘들어서 걸어 보기도 했지만 나아지지 않았다. 사무실에 서서 허리를 앞으로 굽혀 보면 엉덩이와 허리가 만나는 부분이 뻐근하게 아팠다. 막연히 살을 빼야지, 생각만 하다가 요가를 만난 것이었다.

첫 몇 개월은 제대로 되는 게 아무것도 없었다. 뒤꿈치는 바닥에 닿지 않았다. 팔을 어떻게 저렇게 쭉 펼 수 있는지도 몰랐다. 군대에서 기합받는 것 같은 포즈로 어찌어찌 흉내를 낸 것 같기는 한데, 이 자세가 오랫동안 이어지니 도무지 버틸 수가 없었다. 손목, 어깨, 옆구리가 욱신거리면서 아파 오기 시작했다. '으으으'

신음 소리가 절로 나왔다.

　나를 제외한 모든 수련생들은 고요했다. 평화를 만
끽하는 것 같았다. 마시는 숨과 내쉬는 숨을 고르게 이
어 가면서 차라리 휴식에 가까운 시간을 누리는 것이
었다.

　'이런 자세에서 어떻게 저렇게 평화로울 수 있지?
나는 금방이라도 무너질 것 같은데?'

　곧 터질 것처럼 빨갛게 상기된 얼굴로 몇 번이나
무릎을 꿇고 상체를 일으켜 앉으면서, 나는 첫 수업 내
내 당혹과 경이로움 그 중간 어디쯤에서 서성대고 있
었다.

　"무릎을 굽혀 보세요. 귀와 어깨 사이가 멀어지도
록 공간을 주세요. 머리는 아래로 숙이고 허리를 길게
쓰세요. 오케이 좋아요. 이제 호흡."

　스튜디오에 초보자가 한 명 있을 때 선생님도 각별
한 관심을 기울여 주셨다. 어떻게든 흉내를 내 보려고
끙끙대던 내 옆에서 속삭이듯 방법을 알려 주셨다. 몸
을 세세하게 쪼개서 쓰는 방법도 그때부터 알게 된다.
그때 배웠던 몇 가지 포인트는 수련 7년 차인 지금까지

도 매번 몸으로 되새기는 중이다. 그래야 내 것이 되기 때문이다.

보통 한 시간을 수련한다고 가정했을 때, 견상 자세는 결코 한 번으로 끝나지 않는다. 선생님은 '아사나와 아사나 사이의 환승역 같은 자세'라고 말씀하셨다. 플로우가 시작되기 전에 수리야나마스카라, 태양경배 A를 이어 갈 때도 몇 번의 견상 자세를 만나게 된다. 플로우가 끝나고 다음으로 이어질 때도 견상 자세와 함께한다. 시작할 때는 몸을 확실히 풀어 준다. 플로우와 플로우 사이에서는 아주 충실한 휴식이 되어 준다.

견상 자세가 휴식이 될 수도 있다는 감각은 최근에야 느낄 수 있었다. 그 전엔 내내 무서웠다. 허리가 너무 아프고 종아리도 당겼다. 이 기본적인 자세도 제대로 안 된다는 자괴감이 스멀스멀 올라왔다. 몸과 마음을 동시에 괴롭히는 아사나였다.

가까스로 감을 잡은 견상 자세에 오래 머무르기 시작하면 그때부터 또 죽을 맛이었다. 한 자세로 버티는 데는 도리가 없었다. 종아리와 햄스트링이 충분히 유연한 상태라도, 허리도 튼튼하고 부드러운 상태에서도

정말 힘들었다. 오래오래 머무르며 호흡하는 선생님의 의도를 이해하지 못하는 것은 아니었다. 어떤 아사나든 천천히 움직이면서 오래 머무르면 그 안에서 발견하는 바가 있었다. 호흡과 호흡 사이에도 크고 작은 깨달음이 있었다. 하지만 어깨가 너무 아팠다. 옆구리가 결리기 시작했다. 가만히 있어도 팔이 부들부들 떨렸는데 자세에서 벗어날 수가 없었다.

그럴 때마다 눈치를 봤다. 잠깐 쉬고도 싶었다. 무릎을 바닥에 대고 상체를 일으켜 조금은 원망스러운 표정으로 선생님을 보고도 싶었다. 하지만 그럴 수 없었다. 고개를 살짝 옆으로 돌릴 때마다 굉장한 장면과 마주했기 때문이었다.

다 같이 거기서 버티고 있었다. 나 말고 다른 사람은 모두 여자 수련생이었을 때도 단 한 명의 포기를 본 적이 없었다. 남자와 여자, 누구의 근육과 뼈가 더 강하다고 섣불리 말할 수 없는 세계에서 나는 매번 우직하고 강렬한 용기를 얻었다. 나보다 훨씬 가는 팔, 얇은 몸으로 나처럼 부들부들 떨면서 버티는 수련생들 덕에 나도 포기하지 않을 수 있었다. 같이 하는 수련의 매력.

공간을 가득 채우는 에너지의 힘이었다.

요즘은 견상 자세에서 오래오래 머무르면서 호흡할 때도 예전처럼 결리거나 아프거나 힘들지 않다. 강해진 어깨와 유연해진 허리, 몸 뒤쪽의 정렬과 근육이 두루 좋아진 결과라고 믿는다. 허리 통증도 다 사라졌다. 강해지면 버틸 수 있다. 유연해지면 즐길 수 있다. 플로우와 플로우 사이에서 견상 자세를 만날 땐 진짜로 쉴 수 있게 됐다. 허리에 고였던 땀이 목덜미를 거쳐 눈썹에 고였다 툭, 매트 위에 떨어질 때도 살짝 반기면서 웃을 수 있게 됐다.

견상 자세는 또한 여러 가지 놀라운 효과를 내포하고 있다. 선생님은 가끔 이 자세가 역자세라는 점을 상기시켜 주었다.

"견상 자세는 머리가 심장 아래에 위치하는 역자세이기도 합니다. 매일 습관처럼 만나는 자세지만 강렬한 자세이기도 해요. 내 몸을 신사답게, 정중하게 대해 주세요."

머리를 아래로 향하는 것만으로 몸에는 중요한 변화들이 일어난다. 일단 혈액순환. 머리는 늘 몸의 가장

높은 곳에 있으니까, 그 위치를 바꿔 주는 것만으로도 뇌에 조금 더 많은 양의 피를 공급하는 데 도움을 준다. 곧 전신의 피돌기가 수월해진다. 견상 자세에서 단 몇 분 머무르는 것만으로도 몸이 후끈 달아오르는 건 그래서다. 하루 종일 몸의 하류에서 고요하게만 흐르던 전신의 피가 맹렬히 운동을 시작하기 때문이다.

심리적인 안정감을 경험할 수 있는 자세이기도 하다. 고개를 앞으로 숙여 배꼽을 바라보면 결국 나와 마주하게 된다. 중력에 굴복하고 마는 내 뱃살을 직시하는 건 괴롭지만, 시선과 호흡을 내 안으로 돌리고 오로지 나한테만 집중할 수 있는 아사나이기도 하다. 뇌를 진정시키고 경미한 우울증을 해소하며 골다공증을 예방하는 자세라고도 알려져 있다. 두통, 불면증, 피로 회복에도 큰 도움을 준다.

팔다리는 분명히 강해진다. 소화에 대해서는, 일단 공복 상태에서 수련하길 추천하고 싶다. 배 속에 음식물이 남아 있는 상태에서 견상 자세를 만나게 되면 무척 괴롭다. 음식물의 역습, 소화기관의 역류를 실시간으로 경험할 수 있다. 허리나 종아리가 당기는 고통

과는 아주 다른 종류의 내과적 괴로움과 맞닥뜨릴 수 있다.

수련은 많은 것을 바꿔 놓았다. 공포스러웠던 아사나를 휴식으로, 쓸 때마다 고통이었던 근육을 내 몸의 강한 버팀목으로 받아들일 수 있게 해 줬다. 끼니마다 가볍게 먹는 습관이 음식 자체를 즐기는 것만큼이나 큰 쾌락을 준다는 것도 알게 되었다. 아도무카스바나사나, 견상 자세는 그 모든 여행의 시작 같은 아사나다.

집에서 혼자 수련할 땐 견상 자세 하나만을 위해 30분 이상을 공들여 수련하기도 한다. 허리와 손목을 풀고 종아리와 햄스트링을 부드럽게 한다. 두 손과 무릎, 두 발의 앞꿈치로 몸을 지탱하는 테이블 자세에서 그대로 골반을 하늘로 들어 올린다. 뒷꿈치가 사뿐하게 바닥에 닿으면 내 몸의 체중을 분산해 양손과 양발에 나눠 주기 시작한다. 어깨와 손목에 과도한 힘이 실리지 않도록, 두 발이 단단하게 땅을 받치면서 몸을 지탱할 수 있도록.

귀와 어깨를 멀리하면서 견갑골을 넓게 쓴다. 왼팔과 오른팔의 팔꿈치 안쪽이 서로를 마주할 수 있도록

양팔을 살짝 안쪽으로 돌려 주면 조금씩 몸의 정렬이 편안하게 맞춰지고 있다는 느낌이 온다. 호흡을 계속하면서 고개를 숙인다. 갈비뼈를 오므리면서 지금까지의 모든 정렬을 다시 한번 확인한다. '참 좋은 견상자세를 만났다'는 생각이 들기 시작할 때, 그 안에서 마시고 내쉬는 호흡 자체를 즐긴다.

　　여기까지가 오늘의 아도무카스바나사나. 이제 새로운 플로우를 시작할 수 있다.

2

내 몸이
자아를 갖기
시작했다

매일 요가할 수는
없었지만

　세상 모든 시간이 나만 빗겨 가는 것 같았다. 몸과
마음이 한계에 도달했다고 느껴지는 날이 자주 있었
다. 어디 여유 있게 앉아 있는 사람을 보면 부아가 치밀
었다. 저 여유가 왜 나한테는 없느냐는 마음, 그야말로
바닥 감정이었다. 일을 제대로 하는 것도 아니었다. 하
루면 끝낼 일을 며칠씩 붙들고 있었다. 미간에 주름을
잡은 채 모든 신경이 날카롭게 곤두서 있던 때. 누가 건
드리기만 하면 곧 폭발할 기세였다. 저녁에 만나자는
제안은 흘리거나 얼버무렸다.

　시도 때도 없이 칭얼대는 건 미성숙의 증거일 수
있지만 도무지 못 견디는 상황을 표현조차 안 하는 건
위험신호일 수 있었다. 가끔은 서로 징징대지 않으면

살 수 없으니까. 우리는 영원히 혼자일 수 없고, 그야말로 연대의 신호이자 관계의 증거이기 때문에. 하지만 그런 상태가 며칠이고 지속되면 누구한테 의지하거나 호소할 에너지도 사라졌다. 말수가 급격히 줄어들기 시작했다. 징징거릴 힘조차 없을 때는 어떻게 해야 하지? 징징거려 봤자 허공처럼 느껴질 때는?

기댈 수 있는 사람 한 명이 곁에 없다고 느껴지는 날이 점점 늘었다. 누가 얼마나 가까이 있느냐의 문제가 아니었다. 보고 싶은 사람은 많았다. 나를 보고 싶어 하는 사람이 많다는 것도 알았다. 하지만 관계 없이 고립되고 있었다. 몸이 잘 움직이지 않았다. 마음은 얼음처럼 굳어 있었다.

그즈음에 요가를 수련할 땐 어딘가에 중독된 사람 같았다. 요가원은 거의 유일하게 따뜻한 장소였다. 꽁꽁 얼어붙은 몸과 마음을 기꺼이 녹일 수 있는 위로, 의지, 위안의 공간이었다. 수련만 하면 모든 게 조금씩 나아졌다. 마음에도 작은 틈이 생겼다. 그 틈 사이로 더러운 것들이 빠져나갔다. 밀려 있던 일을 해치우면서 그것을 성취감이라고 믿었다. 하지만 소득도 없이 매일

바빠지기만 하던 때, 일주일 내내 딱 한 시간의 수련을 못할 때도 너무 많았다.

몸이 망가지는 건 아주 느리지만 확실하게 느낄 수 있었다. 일단 수면의 질이 급격히 떨어지기 시작했다. 아침마다 무거웠다. 몇 시간이나 더 자고 일어나도 피로가 풀리지 않았다. 아주 작은 손들이 내 몸 안에서 근육 하나하나를 움켜쥐고 흔드는 것 같았다. 키도 더 작아진 것 같았다. 이렇게 영원히 작아지다 소멸해 버리면 어쩌지? 걸을 때마다 몸과 마음이 쩍쩍 갈라지는 소리가 들렸다.

불쾌, 자괴, 무력으로 끌려가듯 시작하는 하루. 아침마다 이유를 알 수 없는 미스터리 영화의 주인공이 된 것 같았다. 저녁까지의 시간은 오로지 버티기였다. 심리적으로도 움츠러들고 마음도 엉망진창인 채 며칠이나 흘려보냈다. 회생의 의지조차 흉터처럼 희미해졌다. 요가를 하든 못 하든 인생은 엉망이라고 생각하는 단계의 문턱까지 끌려가는 것이었다.

이쯤 되면 요가원에 갈 의지조차 꺾여 있었다. 가만히 누워 있는 일 외에 할 수 있는 일이 거의 없었다.

한 시간쯤 눈 감고 일어나면 가까스로 책을 집을 수 있었다. 하지만 읽는 게 아니었다. 잠들기 직전까지, 끝도 없이 지하로 질주하는 기분이 이어졌다. 이튿날 아침이 되면 같은 하루의 반복이었다.

스물네 시간 중 한 시간도 내 마음대로 움직이고 숨 쉴 수 없는 삶. 그렇게 살아도 내 안에 쌓이는 게 별로 없다는 허무에 이 모든 감정의 근거가 있었다. 내가 소모하는 시간과 나를 소모하는 시간의 총합이 하루를 구성하고 있었다. 그 와중에 '바쁘다'는 말만 늘 새로워졌다. 딱 그만큼 바빴던 하루가 한계일 거라고 생각했는데 몇 배는 더 바빠지는 날이 아무렇지도 않게 다시 왔다. 분명히 한계치 이상의 일을 해냈다고 생각했는데 몇 배의 일을 하루에 처리해 버리는 날이 또 태연하게 오는 것이었다. 몸과 마음이 하루하루 늙어 가고 있었다. 매일을 이렇게 지내던 시기, 후배한테 어느날 받은 전화가 아직도 생생하다.

"선배! 나 진짜 몇 년 만에 요가하고 집에 가는 길이에요! 이렇게 개운하고 좋다, 진짜. 이게 사는 거지!"

"너무 좋겠다! 나는 지금 며칠째 못 하고 있어. 이

번 주에는 한 번도 못 갔네?"

"응! 안 그래도 선생님들이 선배 언제 오냐고 물어보시더라."

2주 전에 퇴사한 후배였다. 과로와 스트레스로 망가졌던 리듬을 천천히 회복하고 있는 중이었다. 퇴사가 모두의 해답이 될 수는 없지만 회사가 딱히 보장해주는 것도 없는 시대. 견딜 수 없는 수준까지 밀어붙이다, 거기서 숨도 못 쉬고 헉헉대다, 고민에 고민을 거듭하다 일단 그만두는 것이 일단의 답인 때이기도 했다. 언제든 다시 시작할 수 있다는 기약도 없고 이대로 계속할 수도 없는 시대의 우리가 다시 숨을 고르는 방법이었다.

수련할 때도 호흡이 자주 가빠지곤 했다. 어려운 자세를 만나거나 힘이 과도하게 들어갔을 땐 숨을 멈추기도 했다. 그럴 때마다 선생님의 '호흡하세요' 한마디가 단호하게 들려왔다.

"호흡할 수 있는 곳에 머무세요. 호흡이 가장 중요해요. 숨은 우리가 살아 있다는 증거이기도 합니다. 호흡하세요."

'흡' 하고 멈춘 상태에서 벗어나는 유일한 방법은 의식적으로 다시 숨을 쉬는 것뿐이었다. 그러면 경직됐던 근육에도 틈이 생기기 시작했다. 마음에는 여지, 몸 안에는 공간이 생겼다. 자세가 깊어지면서 호흡도 점점 더 깊어졌다. 마음도 평온해졌다. 몸과 마음의 더러운 것들이 숨 안에서 깨끗해졌다.

　사무실에서도 비슷했다. 할 수 있는 데까지만 하자고 다짐하면서 내 숨소리에만 집중했다. 나를 아끼지도 않으면서 이용만 하려는 타인한테는 휘둘리지 말자. 스쳐 가는 것과 영원한 것을 구분하는 힘을 기르자. 지금 내 앞에 있는 일에 일단 집중하자고 생각하면서 천천히 마음의 공간을 만들기 시작했다. 호흡에 집중하면 다른 게 흐려지기 시작했다. 이 숨은 내 숨, 이 삶도 내 것이니까 나는 내 힘으로 지켜야겠다는 다짐이 숨 안에서 단단해졌다. 그렇게 마음의 면적을 넓혀 놓은 상태에서 아까의 분노를 들여다봤다. 가까스로 작아 보였다. 그때 다시 내쉬는 안도의 숨.

　그때 회사와 요가원은 도보로 10분, 뛰면 5분 안에 갈 수 있는 거리였다. 그렇게 뛰어가서 옷을 갈아입고

매트를 깔았다. 호흡을 가다듬고 몸을 풀었다. 돌처럼 굳었던 몸이 천천히 풀리는 걸 지켜봤다. 얼음처럼 차가웠던 마음에 온기가 돌기 시작하는 걸 느끼면서 조금씩 제정신을 찾았다. 매번 간절한 수련이었다.

요가는 긴장과 이완, 수축과 팽창, 분노와 평화 사이에서 영원히 이어지는 담금질 같았다. 수련을 멈추지 않는 한 넓어진 마음이 다시 좁아지지 않았다. 한번 단단해진 근육이 다시 약해지는 일도 없었다. 현재도 미래도 선명하지 않을 때, '내가 조금씩 강해지고 있다'는 확신만큼 강한 위로가 또 있을까? 그동안 나는 회사를 그만둘 수 있을 만큼 강한 사람이 되었다. 혼자서도 조바심을 내지 않을 만큼. 애꿎게 징징대지 않을 만큼. 이별을 이별로, 만남을 만남으로 받아들일 수 있는 만큼이었다.

혼자
수련할 수 있다는 말의
진짜 의미

　아직도 가끔은 밤을 샌다. 일 때문에 4시까지 깨어 있었는데 다음 날 아침 7시부터 일정이 있는 날이 있었다. 2시까지 다투다가 3시경에 겨우 누웠는데 4시 30분까지 뒤척거렸던 날은 6시 30분에 일어나 촬영 준비를 해야 했다. 자는 것도 아니고 쉬는 것도 아닌 상태로 밤을 그렇게 낭비하고 나면 이튿날은 그냥 무너지게 마련이다. 그래도 일과 시간 중에는 징징댈 수 없다. 말 한마디로 내 피로를 다른 사람한테 전가하고 싶지 않았다. 요즘 피곤하지 않은 사람이 어디 있을까?

　전날의 취침 시간은 두 시간이었다. 눈만 감고 있는 수준이었다. 일어났더니 눈알이 금속 같았다. 깜빡일 때마다 찢어지듯했다. 따뜻한 물로 샤워를 마치고

제일 차가운 냉수를 틀었다. 찬물이 정수리로 쏟아지게 두고 몇 분인가 가만히 있었다. 이 찬 기운으로 오늘 하루를 버티는 거야, 폭포를 맞는 기분으로 다짐하고 나선 길이었다. 그날 일과는 저녁 8시에 끝났다. 저녁 샤워에는 찬물을 쓰지 않았다. 뜨뜻한 물을 오래 맞았다. 샤워실 안에 수증기가 자욱했다.

긴장했던 마음, 하루 종일 금속 같았던 눈, 꽉 쥔 빨래처럼 꼬여 있던 뇌가 그제야 풀리는 것 같았다. 수도꼭지를 돌리면 따뜻한 물이 나오는 곳에 살 수 있다는 건 정말이지 축복 같다고 생각하면서 침대에 누웠다. 미풍으로 틀어 놓은 선풍기에서 기분 좋은 냉기가 불어왔다. 노곤했다. 창밖에는 장맛비가 한창이었다. 후둑, 후두둑.

눈을 감기 전에 휴대전화 타이머를 한 시간 뒤로 설정했다. 딱 그만큼만 눈 감고 쉴 생각이었다. 하루 종일 일했지만 아직 할 일이 남아 있었다. 밤에는 애인과 통화도 하고 싶었다. 아주 사소하지만 중요한 의식이었다. 어제 다퉜어도 오늘 화해하는 일. 오늘 밖에서 상한 기분에 대해 서로 이야기하며 마음을 씻는 시간이

었다.

하지만 깜짝 놀라 눈을 떴을 땐 이미 새벽 2시였다. 막 팔을 휘저으면서 깼는데, 깨는 순간부터 뭔가 놓쳤다는 걸 알고 있었다. 다섯 시간 동안이나 달콤하게 잠들어 있었다. 알람 소리는 듣지 못했다. 휴대전화를 열었더니 살가운 메시지가 와 있었다.

"자니…?"

잠이 나를 선택한 날이었다. 종일 피곤했으니 기절하듯 잠들었을 거라는 걸 애인은 다 알고 있었을 것이다. 다시 일을 시작하기에도 늦은 시간이었다. 아까 돌려 놓은 빨래만 건조기로 옮겨 놓고 나는 다시 눈을 감았다. 따뜻한 물과 피할 수 없는 잠이야말로 오늘의 축복이라고 생각하면서.

이튿날 아침엔 등에 날개가 달린 것 같은 컨디션으로 깼다. 약속도 미팅도 없는 날이었다. 해야 하는 일은 여전히 있었지만 순서는 내가 정할 수 있었다. 끌려다니지 않아도 되는 하루. 어떤 일을 먼저 하고 어떤 일을 나중에 할지를 고민해 결정할 수 있는 권리. 소중한 감각이었다. 바쁜 와중에도 자유를 누릴 수 있다는 뜻이

었다. 그날 하루는 아래와 같이 보냈다.

먼저, 어제 냉침해 둔 차를 한 잔 따라 마셨다. 서재에서 몇 통의 메일에 답장을 쓰고 걸려오는 전화를 받았다. 밥을 차려 먹고 출근할까 잠시 생각할 때, 순간의 허기가 참 적당하게 느껴졌다. 가벼운 허기는 있었지만 기력이 떨어지지는 않는 정도. 밥을 차려도 맛있게 먹을 수 있었지만 두 시간 정도는 기분 좋게 즐길 수도 있는 배고픔이었다. 요가하기 딱 좋은 허기였다. 매트는 이럴 때 깔아야 하는 법.

서재에서 매트를 꺼내 거실에 깔았다. 요가를 처음 시작했던 그때부터 쓰던 매트였다. 견상 자세를 할 때의 내 손과 발에 맞춰 검게 닳아 있는 매트. 내가 움직여 온 궤적과 흔적을 그대로 담고 있었다. 같이 지낸 시간만큼 접지력도 떨어졌지만, 그건 또 그 나름대로의 불편을 감수하는 데 의미와 재미가 있었다.

오랜만의 수련이었다. 팔꿈치에 미세하게 느껴지던 테니스 엘보 통증 때문에 지난 두 달 정도는 인요가 위주로 수련했었다. 인요가는 한 자세를 오래 유지하면서 정적인 플로우를 이어 가는 요가 수련의 일종이

다. 늘 쓰는 근육을 적극적으로 수축하고 긴장시키기보다 근육과 근막을 차분하고 끈질기게 이완하는 수련이라고 생각하면 될까?

자칫 '휴식'에 가까운 수련이라고 생각하기 쉽지만 그게 전부는 아니다. 유지하면서 마주하는 일, 이완하면서 강해지는 모든 시간이 인요가라고 생각하는 편이 옳다. 움직이지는 않지만 끊임없이 깊어진다. 아무리 깊어져도 닿지 않는다. 웬만해선 끝이 보이지 않는다. 선생님의 목소리는 차분하고 편안하지만 몸은 늘 전쟁이었다.

이날은 모처럼 좀 움직이고 싶었다. 몸을 더 크게 쓰면서 땀을 흘리고 싶었다. 음악을 켜고 인센스에 불을 붙였다. 향이 피어오르기 시작할 때 매트 위에 편안한 자세로 앉아 호흡을 시작했다. 마음이 순식간에 가라앉았다. 호흡의 마법이었다. 눈을 감고 몇 분인가 시간을 보냈다. 호흡의 횟수도 시간도 헤아리지 않았다. 오늘은 혼자 하는 수련이니까, 내가 원하는 자세에서 원하는 만큼 머무를 수 있었다.

돌리고 머무르면서 목을 먼저 풀었다. 몸을 좌우로

기울이면서 옆구리도 늘려 이완했다. 테이블 자세에서 소, 고양이 자세를 몇 번이고 반복하면서 허리를 부드럽게 했다. 소 자세로 내려갈 때 아래 허리가 묵직했다. 며칠 전부터 느껴지던 답답함이었다. 요가를 시작하기 전부터 고질적으로 묵직했던 부위. 사무실에 오래 앉아 일하는 사람이라면 누구나 갖고 있는 통증일 것이다. 거기가 보들보들 연해질 때까지 같은 자세를 반복했다. 충분한 시간을 들여서 천천히. 내 몸이 내 수련을 받아들일 수 있는 시간을 스스로 허락해 주었다.

적당히 풀렸다 싶은 느낌이 들었을 때 아도무카스바사나, 견상 자세로 들어갔다. 오랜만에 하는 첫 번째 견상 자세는 한 번도 쉬운 적이 없었다. 내 몸의 어디가 얼마나 굳어 있는지를 냉정하게 알게 됐다. 아래 허리, 허벅지, 종아리가 동시에 비명을 지르기 시작했다. 평소에는 완벽하고 단단하게 땅에 닿아 몸을 지지하던 뒤꿈치가 오늘은 붕 떠 있었다. 수련을 쉬는 동안 내 몸의 뒷면에 있는 모든 근육들이 경직된 탓이었다.

"무릎을 굽혔다 폈다 해 보세요. 뒤꿈치가 바닥에 닿지 않아도 좋습니다. 무릎을 쭉 펴지 않아도 괜찮아

요. 오늘의 첫 번째 견상입니다. 내 몸에 시간을 주세요. 천천히 받아들일 수 있는 마음의 여유도 찾아보세요. 자, 이제 천천히 호흡합니다. 호흡 속에서 제자리를 찾아갑니다."

몸에 천천히 열기가 오르기 시작하자 귓전에 선생님 목소리가 들리는 것 같았다. 요가 수련은 몸과 마음에 새겨지듯 익숙해진다. 혼자 매트를 깔아도 다 같이 수련하는 것 같았다.

몸은 거짓말을 모른다. 수련은 정직하다. 굳어진 몸은 천천히 풀어 주면 된다. 침착하고 솔직하게 움직이다 보면 내 몸 깊은 곳에 숨어 있던 작은 방문 하나를 발견하게 된다. 그간의 수련이 차곡차곡 쌓여 있는 곳. 아파서 쉬는 동안 외면했던 수련의 본질들이 나를 배신하지 않고 기다려 주는 작은 방. 그 문은 요가라는 열쇠로 열 수 있다. 어떤 아사나라도 괜찮다. 천천히 공들여 몸을 움직이면 어렵지 않게 열 수 있다. 내가 아끼고, 나를 아껴 주는 요가의 실마리를 그 안에서 다시 만나게 된다.

오른발을 두 손 사이로. 왼발을 두 손 사이로. 고개

를 들고 허리를 펴고, 상체를 앞으로 깊게 숙이면서 정수리를 중력에 맡긴다. 두 손을 머리 위로 합장하면서 상체를 일으키고 고개를 들어 하늘을 본다. 다시 두 손을 가슴 앞에 합장하면서 똑바로 선다. 수리야나마스카라, 태양경배를 시작했다.

"자, 이제 수리야나마스카라, 태양경배를 다섯 번. 자신만의 호흡으로 이어 갑니다."

이 말을 처음 들었을 때는 어찌나 당황했던지. 순서를 모르는 내가 어쩔 줄 모르는 사이에 주변에 있는 모든 사람들이 동시에 같은 동작을 시작했을 때는 또 얼마나 신기했는지. 이제는 몸에 익은 자세를 여섯 번, 일곱 번 반복했다. 정수리부터 발가락 끝까지 피가 새로 돌기 시작했다. 전신에 뜨끈하게 열이 올랐다. 가슴팍에 땀이 맺혔다. 묵직했던 허리가 부드러워지면서 종아리, 햄스트링에도 여유가 생겼다. 이제 다른 아사나들을 받아들일 준비가 된 것이었다.

어떻게 움직일지를 미리 정해 놓고 시작한 수련은 아니었다. 몸과 마음이 이끄는 그대로의 아사나를 발견하고 받아들이고 싶은 마음이었다. 그렇게 오른쪽

한 번, 왼쪽 한 번. 다시 오른쪽 한 번, 왼쪽 한 번. 하나의 플로우를 두 번 반복하고 나서는 머리서기를 시작했다. 거꾸로 서서 천천히 열 번의 깊은 호흡을 헤아렸다. 마치고 나서는 다시 열 번의 호흡을 시작했다. 스무 번의 호흡을 마치고 나선 그 위에 다시 열 번의 호흡을 쌓았다. 머리에 땀이 나서 손바닥이 미끄러지기 시작할 때 천천히 두 발을 내리고 아기 자세를 시작했다.

쉼.

스트레칭.

그리고 사바사나.

5분 남짓이었을까? 사바사나에선 코를 좀 골기도 했다. 요가원에서 수련할 때도 자주, 얕은 잠에 빠지곤 했다. 사바사나 이후의 가벼움과 사뿐함은 어떻게 설명할 수 있을까? 그 느낌을 말로 설명할 수 있는 날이 올까? 내 수련은 나만 안다. 나한테만 쌓인다. 내가 하는 요가는 나만의 것이다. 누구와 함께 하기 전에 온전한 개인이 되는 일. 혼자서도 괜찮은 사람이 될 줄 알아야 한다는 정갈한 다짐. 그게 먼저였다. 사랑이 그런 것처럼. 인생이 결국 그런 것처럼.

하루하루
연명하는 삶에 대하여

수련 시작 10분 전. 나는 매트 위에 누워 있었다. 눈을 감고 몸에 힘을 빼려고 애를 쓰고 있었다. '힘을 빼려고 애를 쓴다'는 말이 어쩐지 비문 같지만, 집중하고 애를 쓰지 않으면 알 수 없는 감각이기도 하다. 빼고 또 빼도 남아 있는게 힘이었다. 완벽하게 이완하고 있다고 생각했던 순간에도 근육 어딘가는 긴장하고 있었다. 눈을 감고 숨을 쉬면서 세세하게 들여다봐야 알 수 있었다.

자박자박.

힘을 하나하나 놓아주면서 몸도 마음도 차분해질 즈음 익숙한 발소리를 들었다. 디디듯 스치듯 하는 소리. 맨발로 마룻바닥 위를 사뿐하게 걷는 소리. 조심스

럽고 따뜻한 소리. 우리 선생님이 들어오는 소리였다.

눈을 뜨고 몸을 일으켜 앉았다. 손은 무릎 위에 올려 두었다. 수련을 시작하기 전엔 짧게나마 이야기를 듣고 나누는 시간이 있었다.

"어떤 분이 이런 말씀을 하셨어요. 퇴근하고 수련하러 오셨는데, 집에 가기 전에 꼭 요가를 해야 한대요. 왜 그러시냐고 했더니, 수련을 하고 가면 가족한테 훨씬 더 충실하게 잘할 수 있대요. 몸도 마음도 너그럽고 부드러워져서."

고개를 끄덕이는 사람이 여럿 있었다. 정확히 공감하는 마음이었다. 이 이야기를 듣기 전에는 선생님이 이런 질문을 했다.

"여러분, 오늘은 좀 부끄러운 질문일 수도 있는데. '당신에게 요가란 무엇입니까?'라고 묻는다면 한 단어로 대답하실 수 있겠어요?"

고민하다가, 나는 몇 년 전으로 돌아갔다.

매달 잡지를 만드는 일은 변함없이 역동적이었다. 1년의 삶은 열두 권의 잡지로 채 썰듯이 요약할 수 있었다. 서재에 1월호부터 12월호까지 쌓인 책들을 보면

'저게 나의 세월이구나' 눈으로 확인할 수 있는 명쾌함을 또한 사랑했지만…… 돌아보면 평화가 드물었다. 일 말고 다른 건 살필 틈이 별로 없었다. "잘 지내고 있니?" 물어 오는 친구한테는 이렇게 말했다.

"서점에 가면《지큐》있잖아? 그거 보면 내가 어떻게 사는지 잘 알 수 있어. 그게 전부야."

친구는 '기사 잘 읽었다'는 메시지를 가끔 보내왔다. 우리는 그렇게 가까스로 이어져 있었다. 그러다 얼마 전엔 좀 다른 메시지를 받았다.

"나 싱가포르 가."

"오, 잘 다녀와! 언제 와? 선물 사다 줄 거야?"

"하하, 야, 나 4년 후에 온다. 그때 줄게."

"……?"

친구는 여행을 가는 게 아니었다. 가족들이 다 같이 출국하는 장기 발령이었다. 전화해서 가기 전에 꼭 만나자 약속했다. 언제든 너 출국하기 전에 내가 회사 앞으로 찾아가겠다고도 했다. 그렇게 몇 주가 헤아릴 틈도 없이 지났다. 나는 피할 수 없었던 약속 자리를 파하고 지쳐서 혼자 걷고 있었다. 걸어야 다시 힘을 낼 수

있을 것 같아서였다. 발걸음 뒤로 그림자가 점점 길어지던 주말, 문득 돌이켜 보니 친구의 출국 하루 전이었다. 급하게 전화했다.

"너 내일 출국이야?"

"응, 지금 회사에서 짐 다 빼고 집으로 가려고."

"정말? 영화처럼 박스 하나 들고 뜨는 거야? 멋있어!"

"멋있긴, 얼른 가서 짐 싸야 한다. 아직 짐도 못 쌌네."

"……미안해, 보고 싶었는데."

"야, 괜찮다. 다녀와서 보면 되지. 놀러 와, 싱가포르."

헤어지는 일에는 영영 익숙해질 수 없을 것 같았다. 한때 가까웠던 사람들이 이상하고 묘하지만 돌이킬 수 없는 실수, 언제부턴가 달라지기 시작한 삶의 궤적을 따라 새벽 그림자처럼 옅어지고 있었다. 그렇게 한 명 한 명 멀어질 때마다 우리가 같이 지냈던 시간이 다 흩어지는 것 같았다. 돌이킬 수도 없는 그 뒷모습들을 보면서 '어른이 된다는 것'에 대해 생각하는 시간이 늘었다. 전화를 끊으면 친구가 없는 한국이 되는 게 싫었다.

좋은 친구와 오래오래 지내려면 어떻게 살아야 하

는지를 의젓하게 보여 줬던 친구. 살갑게 투덜거리면 서도 순하고 우직해서 흔들리지 않는 사람이었다. 친구네 회사가 있는 광화문을 지날 때마다 '저 건물에 내 친구가 있다'는 사실만으로 위안이었다. 전화 한 통으로 보낼 친구가 아니었다.

하지만 쫓겨서, 나는 내 시간을 살아 내는 게 아닌 것 같았다. 칼럼을 쓰려고 인터뷰를 하고 자료를 수집하다 보면 다들 비슷하게 살고 있었다. 벗어나고 싶지만 방도가 없다, 아기를 가지려니 엄두가 안 난다, 그러니 결혼도 주저하게 된다는 얘기를 듣고 또 들었다. 다 같은 처지였지만 서로는 위안일 수 없는 각박함. 스트레스는 치열하고 권태는 익숙했다. 사무실에선 이런 푸념도 참 많이 했다.

"우리는 모국어가 없으면 직업이 사라져. 그러니까 한국을 떠나면 아주 다른 존재가 돼야 살아남을 수 있어. 일은 너무 좋은데 그게 갑자기 답답하게 느껴질 때가 있다? 어차피 다룰 거라면 국적이 없는 언어를 배울걸 그랬어. 프로그램 언어 같은 거. 지금이라도 배울까?"

거짓말. 답답하니까 하는 말이었다.

"맞아, 선배. 우리 목공 배울까? 도자기?"

서로 눙치면서 버티는 시간이 잡지처럼 알차게 쌓였다. 그러다 점심 시간이 되면 요가복이 들어 있는 작은 가방 하나를 들고 베스파에 시동을 걸었다. 해가 질 무렵, 다들 저녁 식사 채비를 할 즈음 "다녀오겠습니다." 하고 사무실을 나서기도 했다. 그땐 "요가하러 가요." 말하기가 왠지 쑥쓰러워서 "운동하고 올게요." 했다.

스튜디오에 도착하면 옷을 갈아입고 세수를 했다. 매트를 깔고 맨발로 누워서 눈을 감았다. 그럼 하루를 새로 시작하는 기분이었다. 요가는 몸으로 하는 거니까, 국적이 필요 없는 언어라는 점에선 분명한 돌파구 같기도 했다.

너무 피곤해서 바스라질 것 같은 날에도 어떻게든 매트 위에 눕거나 앉으려고 딱 그만큼의 힘을 냈다. 다양한 이유로 머리가 깨질 것 같은 날은 도망치듯 요가원으로 달렸다. 손가락 하나 움직일 수 있을까 싶은 날도, 다녀오면 더 지쳐서 아무것도 못하는 거 아닐까 두려웠던 날도 그랬다. 바닥인 채, 스트레스와 피로를 감

당할 틈도 없었지만 어떻게든 한 시간만 비우자는 마음이었다. 삶이 잘못된 게 아니었다. 내 마음의 시스템이 무너진 거였다.

요가라도 다녀와야 하루를 버틸 수 있었다. 그래야 타인에게도, 스스로에게도 조금은 너그러워질 수 있었다. 수련을 마친 어떤 날은 눈을 떴더니 온통 하얗고 소복했던 언젠가의 겨울 아침 같기도 했다. 쌓인 눈이 너무 예뻐서, '오늘 같은 날은 누구라도 용서할 수 있을 것 같아' 참 맑게 생각했던 날이었다. 그렇게 넓어진 마음으로 나를 너무 힘들게 했던 누군가에게 전화를 걸어 '커피를 마시자'고 말할 수 있었던 오후의 나는 한 뼘 정도 더 좋은 사람이 된 것 같기도 했다. 딱딱하게 굳은 마음으로 해낼 수 있는 일은 별로 없었다. 유연해야 있는 힘이라도 쓸 수 있었다. 매트 위에서 그걸 배웠다. 제대로 살고 싶어서, 한 시간 전보다 행복하고 싶어서, 배우면서 연명하던 시간이었다.

"의지인 것 같아요. 매일 다른데, 오늘은 그래요."

"당신에게 요가란 무엇입니까라는 질문에 한 단어로 대답할 수 있겠어요?"라고, 웃으면서 물어 왔던 선

생님과 눈이 마주쳤을 때 했던 대답이었다. 기어코 수련을 선택하는 매일의 마음이 그랬다. 조금 더 유연해지고자, 그 안에서 진짜 힘을 찾으려고. 그 힘으로, 내가 사랑하는 사람들을 위한 틈을 조금 더 넓게 유지하려고.

요가를 일상에
적용하는 법

"어떻게 하면 좋지, 선배?"

어제 같은 야근이 오늘도 이어지는 날이었다. 둘 다 비슷한 상황이었다. 몇 년 전에도 그랬다. 우리는 같은 사무실에서 밤새 《지큐》를 만들고 있었다. 그 몇 년 사이에 참 많은 것들이 바뀌었다. 콘텐츠 시장은 급변했다. 우리가 잡지를 읽고 사랑하고 만들던 시절과는 모든 게 달라졌다. 그 변화를 몸으로 겪어 내는 동안 나이와 경력은 피할 수 없이 쌓였다.

지금은 둘 다 각자의 회사를 갖고 있다. 아주 작은, 둘 또는 셋이서 감당할 수 있는 정도의 규모로 시작해 최선을 다해 버티고 있다. 콘텐츠 비즈니스의 속성이 그렇다. 세상에 막연한 가능성을 보고 모이는 돈은 없

다. 눈에 보이는 결과를 보장할 수 있는 정도의 콘텐츠가 쌓이기 전까지는 무슨 수를 써서라도 버텨야 한다. 그게 매체의 힘이고 브랜드의 저력이다. 막 시작한, 우리의 작은 회사에는 그게 없었다.

하지만 가야 하는 길이라면 부단히 가는 게 옳았다. 나는 퇴사 후 '더파크'라는 미디어 스타트업을 창업했다. '시간이 소중한 우리를 위한 취향 공동체'라는 슬로건으로, 《지큐》에서 다루던 다양한 오브제들을 자동차 중심으로 풀어내기 시작했다. 언젠가는 좋은 동료들과 함께 '뉴 미디어 라이프스타일 매거진'이 되길 꿈꾸면서 천천히 성장하고 있다.

후배도 비슷한 입장이었는데, 최근엔 고민에 빠져 있었다. 몇 개월 동안 매달려 있던 프로젝트를 마침내 마무리한 참이었다. 쉽지 않은 도전이었다. 일의 규모와 비용도 만만치 않았다. 그래서 몰입했다. 최선을 다하지 않으면 만족을 모르는 성격이기도 했다. 마침내 끝냈지만 잃은 게 너무 많았다. 후배는 과로에 시달리고 있었다. 좀 잔인한 수준이었다.

"이 일을 하는 동안 불을 끄고 잔 적이 별로 없어

요. 불 끄고 자면 푹 잠들어서 못 일어날까 봐. 잠은 진짜 조금 자고 다시 일해야 하니까. 그래도 이 일을 계속해야 할까? 그만한다고 할까?"

과로는, 어쩌면 이런 시대를 혼자서 생존해야 하는 사람의 아주 기본적인 생활 패턴일 수도 있다. 하지만 과로에도 리듬은 필요하다. 몸이 감당할 수 있는 만큼. 일주일에 세 시간 정도의 요가 수련을 할 수 있는 만큼. 몸의 피로가 정신을 황폐하게 만들지 않을 정도여야 한다는 기준이 나한테는 있었다. 수년간의 대책 없는 과로를 통해 그걸 깨달았다.

하지만 우리가 꾸리고 있는 회사는 너무 작았다. 차라리 '혼자'에 가까웠다. 어떤 일은 혼자라서 좋았지만 혼자서는 할 수 없는 일도 있었다. 이번에 후배가 마무리한 일은 후자에 가까웠다. 규모와 시스템을 갖춘 회사였다면 무리 없이 다시 도전했겠지만, 혼자서 그 일을 다시 해내려면 또 많은 걸 희생해야 했다. 그래야 돈을 벌 수 있었다. 건강이 담보였다. 내가 말했다.

"그걸 다시 반복할 수 있겠어? 그래서 막 떼부자가 됐다면 또 모르지만. 그렇게 버틴다고 인생이 달라지

는 건 아니라는 걸 이제 알잖아. 지난 몇 개월간의 일상을 한번 생각해 봐."

"그렇지, 맞아요. 진짜 힘들었지. 내가 고3 때 공부를 이렇게 했으면 지금 좀 다르게 살고 있을까?"

"아닐걸? 다른 대학 가서 다른 전공했어도 우리는 기자 됐을걸? 일간지, 주간지에서 일하다가 월간지 만들고 싶어서 《지큐》에서 신나게 일하다가 지금처럼 독립했을걸?"

"하긴, 맞아요. 그랬겠지."

좋아하는 일을 한다는 것, 내내 좋아하다가 마침내 일과 사랑에 빠져 버린다는 게 이렇게 위험하다. 힘들어도 힘든 줄을 모르고, 훨씬 더 많은 돈을 벌 수 있는 기회가 와도 선뜻 잡지 않는다. 하고 싶은 일을 잘해 낼수 있을 때의 희열을 알기 때문이다.

"근데 그건 생각해 봐야 할 것 같아. 일은 아마 어떻게든 할 수 있을 거야. 하면 잘하겠지. 그런데 지금처럼 하면 몸이 못 버틸 거야. 몸이 무너지면 마음도 무너질 거고. 나중엔 영영 불 끄고 못 자는 사람이 될 수도 있어. 그거 진짜 무섭지 않아?"

"맞아요, 이성적으로는 그만하는게 맞는데……."

"그런데?"

"불안해요. 이 일을 안 한다고 하면 다른 일도 못하게 될까 봐. 이제 나를 찾는 일이 들어오지 않을까 봐."

과로의 진짜 기반은 조바심일 수 있었다. 지금 들어온 이 일을 받지 않으면 다른 일이 언제 올지 몰라서. 살아남기 위해서. 이제 낭만과 재미만큼이나 돈 또한 소중하고 귀하다는 걸 충분히 아는 경력이 되었으니까. 우리는 현실적일 필요가 있었다.

"지금 상황이 어때? 한 2~3개월 정도는 버틸 수 있어?"

"네, 그 정도는. 어쨌든 일이 아주 없는 상태는 아니에요."

"그럼 한숨 돌린다고 생각하는게 어때? 이럴 땐 우선순위를 정하는 게 좋은데, 지금의 우선순위는 일단 건강. 먼저 잠을 좀 잘 수 있는 환경으로 돌려 놓고, 잠을 잘 수 있으면 생각도 차분하게 할 수 있으니까. 3개월 안에는 분명히 더 좋은 일이 들어와. 컨디션을 회복하고 나면 그 일을 더 잘할 수 있겠지. 그건 그냥 그렇

게 믿고."

"그렇죠? 역시 그래야겠지?"

후배는 마지막 커피 한 모금을 마시면서 마음을 굳힌 것 같았다. 이튿날에는 일을 고사하는 메일을 써서 보냈다는 메시지를 보내왔다. 나는 "잘했다."고 짧게 답장했다.

고민의 근본은 대개 비슷했다. 나를 위하는 일과 해하는 일을 구별하지 않으면 그대로 악화 일로였다. 내가 통제할 수 있는 일과 도무지 어쩔 수 없는 일을 구분하지 못하면 곧 미궁에 빠졌다. 몸과 마음이 이어져 있다는 사실을 잊고 몸을 혹사하기 시작하면 더 깊은 구덩이를 파는 셈이었다. 마지막으로 스스로를 믿지 않으면, 내 운명이 다른 사람의 손아귀에 들어 있다고 생각하면 그걸로 끝이었다.

요가를 알기 전에는 나를 위하는 것과 해하는 것의 기준 자체가 없었다. 하고 싶은 일과 해야 하는 일만 있었다. 그럴 땐 하고 싶은 일을 먼저 하라는 조언을 삶의 기준처럼 생각하던 때도 있었지만…… 하고 싶은 일 중에도 나를 해하는 일이 있었다. 해야 하는 일들이 나

를 위하는 결과로 이어지는 경우도 많았다. 그런 채 닥치는 대로 바쁘게만 살았다. 멈추는 방법도 몰랐고 나를 아끼는 방법도 몰랐다.

요가는 삶도 수련도 그렇게 무턱대고 하면 안 된다고 지속적으로 권하는 목소리였다. 한 시간 남짓의 수련 시간 안에 이 모든 고민과 방황과 결정의 드라마가 다 녹아 있었다. 도무지 안 되는 아사나를 만났을 땐 절대 무리해선 안 된다. 최선을 다하되 몸을 살펴 가며 조심스러워야 한다. 그럴 때 들리는 선생님의 조언은 예외 없이 "호흡이 이어지는 곳에 머무세요." 였다.

그 말을 처음 들었을 때의 충격과 안도가 아직도 생생하다. 우리는 보통 '숨 가쁘게' 살아가니까. '바쁘면 다행이지'라는 말을 인사처럼 하는 시대를 살고 있기 때문이다. 하지만 '흡' 하고 호흡이 멈추거나 가빠진다는 건 아직 몸이 준비가 안 됐다는 뜻이다. 호흡이 달라지기 직전의 상황에서 더 머물러야 한다는 신호다. 도전하고 시도하되 내 몸을 살피는 방법을 그 모든 순간에 배웠다.

그때부터 내 몸이 자아를 갖기 시작했다. 몰랐을

땐 살피지 않았던 몸. 무시하고 무리했던 몸. 살피지 않았으니 망가지는 것도 몰랐고, 딱히 아프지 않으면 아끼지도 않았던 내 몸.

의식하기 시작했더니 차차 나아졌다. 수련을 이어가자 평소에는 움직일 수 없었던 각도가 열렸다. 없던 근육과 힘이 생겼다. '흡' 하고 호흡이 멈췄던 자세를 즐기게 되는 순간도 만나게 됐다. 숨 쉴 수 있는 곳에 머무는 것. 그것이 첫 번째 기준이었다.

두 번째 기준은 내가 통제할 수 있는 것과 어쩔 수 없는 일의 구분이었다. 일을 하느냐 마느냐의 선택은 대체로 내가 통제할 수 있는 범위 안에 있었다. 하지만 일단 하기로 하면 많은 것들이 통제를 벗어나기 시작했다. 거의 모든 일이 그런 식이었다. 선택은 내가 통제할 수 있다. 하지만 선택 이후에는 썩 많은 것들을 양보하고 타협해야 성취할 수 있었다. 시간과 노력과 스트레스를 주고 경험과 돈을 얻는다. 피할 수 없는 교환의 법칙이었다.

내 경우, 새로운 경험은 대체로 받아들이는 편이었다. 하지만 위급할 때, 그러니까 몸이 명백히 망가지기

시작할 땐 모든 일을 내가 통제할 수 있는 범위 안에 두는 편이 경험상 좋았다. 퇴사 이후의 나는 꽤 단호하게 그 기준을 지키고 있는 편이다. 적어도 하루 여섯 시간의 잠을 확보한다. 수련을 못 한 날은 혼자서라도 플로우를 만들어 수련한다. 그럴 여유조차 없는 날에는 산책이라도 한다. 일주일에 한 번 정도는 마음껏 먹지만 평일의 식사는 되도록 가볍게 하려고 한다.

이런 기준이 있을 때와 없을 때의 일상에는 꽤 큰 차이가 있다. 몸을 통제할 수 있으면 마음을 가다듬을 수 있고, 마음이 차분하면 하루를 유연하게 컨트롤할 수 있기 때문이다. 하루쯤 지킬 수 없는 날이 있어도 괜찮다. 가끔은 강박 그 자체가 더 해롭다. 게다가 이건 결과가 아니라 태도의 문제니까……. 하루를 조절하는 데 익숙해지면 일주일을 통제할 수 있다. 지금은 그렇게 한 달을, 꾸준히 1년을 좋은 리듬으로 살고 싶어서 순간순간 노력한다. 자주 실패하고 매번 망가지지만 매일 도전하는 중이다.

수련이 꼭 그렇다. 몸은 내가 통제할 수 있는 범위 안에서 움직일 수밖에 없다. 몸은 준비가 안 됐는데 범

위를 벗어나려고 억지를 쓰면 다친다. 오늘은 괜찮아
도 내일 아프다. 인간의 몸은 놀라운 능력으로 한계를
뛰어넘지만, 욕심으로 할 수 있는 일은 아니다.

그러니 지금, 내 몸이 받아들일 수 있는 범위 안에
서 오로지 최선이어야 한다. 그 범위를 스스로 알고 알
아서 통제해야 안전하고 효율적인 수련이 가능하다.
그렇게 점점 넓혀 가는 것이다. 차근차근 깊어지는 일
이다. 수련을 반복하고 유지할 때마다 이런 태도가 몸
에 새겨져서 이제는 좋은 습관, 삶의 태도가 된 것 같았
다. 일상의 순간순간, 그 무수한 선택의 기로에서 요가
를 떠올릴 만큼. 요가에서 배운 요령들을 삶에 응용할
수 있을 정도로.

"휴우, 너무 바빠졌어요. 일을 또 너무 많이 받아
버렸네?"

약 한 달 후, 후배는 다시 말했다.

"그랬어? 일이 다시 많이 들어오기 시작했어? 다
행이야."

"네, 그 일은 안 하길 정말 잘했어. 일이 이렇게 많
아도 좀 살 것 같아요. 오늘도 파워 야근이지만."

일과 건강 사이, 요즘은 무조건 건강을 선택한다. 일과 가족, 일과 사랑, 일과 관계 사이에서도 후자를 선택한다. 일은 아무리 많아도 어떻게든 해낼 수 있지만 다른 모든 것들은 그때가 아니면 누릴 수 없기 때문이다. 도리 없이 잃기 때문이다. 한번 잃은 것들은 웬만해선 되찾을 수 없기 때문이다.

그날은 나도 파워 야근이었다. 퇴사 이후의 사업은 간간이 즐거웠지만 안정된 적이 없었다. 여전히 불안하고 영원히 모자라겠지만 멈출 수도 없었다. 그러니 옥상에 올라가서 큰 숨을 쉬었다. 숨 사이에서 새로운 힘을 찾고 싶었다. 혼자서라도 균형 감각을 잃지 않도록. 내일도 지속 가능한 사람이 되고 싶어서.

우르드바다누라사나,
역활 자세

빈야사 요가 수련은 매일이 다르다. 스타일은 선생님마다 다르다. 플로우는 그날의 의도에 따라, 그즈음의 수련에 따라 아주 다르게 구성된다. 무수히 많은 요가 아사나를 내 의도에 맞게 건축할 수 있다는 자유와 합리야말로 빈야사 요가의 매혹이다. 가르치는 입장에서도 수련하는 입장에서도 마찬가지일 것이다.

하지만 요가를 처음 시작할 땐 바로 그런 점이 공포의 원인이 되기도 했다. 그날 어떤 아사나로 시작해 어떤 아사나로 끝날지를 도무지 알 길이 없다. 편안한 자세로 앉아서 호흡을 하다가 천천히 몸을 풀기 시작할 때는 그날의 수련에 대해 알 수 있는 게 별로 없다. 얼마나 많은 땀, 얼마나 큰 신음 소리와 함께할지, 어디의 어떤 근육이 얼마나 떨릴지에 대해서도 예측할 수 없다.

물론 "오늘은 주로 골반을 열어 주는 자세를 위주로 수련할 거예요."라거나 "오늘은 최대한 천천히, 아사나 하나하나를 음미하면서 해 보는 게 어떨까요?" 같은 식으로 그날의 수련에 대해 힌트를 주는 경우도 있다. 수업 시작 전에 이런 힌트를 접하게 되면 수련이 이

어지는 내내, 아주 사소한 자세에 머물 때도 선생님의
의도에 대해 생각하게 된다. 그 부위에 의식을 집중하
고 느끼고 나면 내 몸과 조금 더 친해진 느낌이 들기도
한다.

수련이 이어지는 한 시간 또는 한 시간 반 동안의
모든 아사나를 미리 말해 줄 수는 없다. 그러니 하나의
아사나가 끝나면 그다음 아사나까지, 스튜디오의 모든
수련생들은 아주 짧지만 깊은 미지의 시간을 경험하게
된다. 나는 이 자세를 상상했는데 선생님은 다른 자세
로 이끌어 주는 경우도 있고, 선생님의 계획과 내 마음
이 완전히 일치해서 한 몸처럼 움직이는 경험도 하게
된다. 가끔은 춤을 추는 것 같기도 하고 체스를 두는 것
같기도 하다. 좌뇌와 우뇌, 몸과 마음, 이성과 감성이
총동원돼서 하나로 집중하는 시간. 요가 수련의 오랜
기쁨이다.

유난히 힘든 자세도 있다. 어떤 자세는 마냥 피하
고만 싶다. 아무리 해도 익숙해지지 않고, 지금의 내 몸
으로는 도저히 안 되는 걸 알기 때문이다. 부단히 수련
하면 언젠가는 할 수 있게 될 거라는 걸 경험으로 알지

만 오늘만은 피하고 싶을 때도 있다.

나한테는 '우르드바다누라사나(Urdhva dhanu-rasana)'가 그렇다. 아주 부드럽고 좋은 느낌으로 해내는 날이 없지는 않지만 대체로 힘들고 두려운 자세다. 깊어지면 깊어질수록 그렇다. 산스크리트어 '우르드바(urdhva)'는 영어의 upward와 같은 뜻이다. '다누라(dhanura)'는 bow, 활이라는 뜻이다. 그대로 번역하면 '위를 향한 활 자세'다.

사진은 평이해 보인다. 사진 속 요기, 요기니의 표정은 거의 모든 자세에서 대부분 웃고 있다. 하지만 실제로 해 보면 극심한 배신감에 휩싸일 것이다. 초보자의 경우 시르샤사나, 머리서기 같은 역자세는 애초에 안 될 수 있다. 배신감을 느낄 여지도 없다는 뜻이다. 하지만 우르드바다누라사나는 어쩐지 해 보면 될 것 같다. 어려워 보이지 않는다. 어렸을 때 몇 번 정도는 장난처럼 해 본 것 같기도 하고, 영화 「엑소시스트」에서 본 것 같은 기억도 있을 것이다.

바로 그럴 때 조심해야 한다. 아사나는 모두에게 늘 열려 있지만 쉽게 모든 걸 허락하지는 않으니까. 우

르드바다누라사나는 격렬한 후굴이다. 허리를 뒤로 꺾고 몸의 앞면을 모조리 하늘 쪽으로 열어젖히는 자세다. 평소에 허리가 묵직하거나 딱딱한 사람이 준비 동작 없이 이 자세를 시도하면 좀 위험할 수도 있다. 뼈와 근육이 한꺼번에 놀라서 꽤 오랜 시간 통증에 시달릴 수 있다.

빈야사 수련 플로우에서 이 자세를 마지막 피크 포즈에 넣는 것도 그 때문이다. 피크 포즈까지 이르는 길은 다정하고 신사적이며 격렬하기도 하다. 논리적으로 촘촘하게 구성돼 있다. 그렇게 몸의 열기와 활기를 끌어 올리는 것이다. 일단 웜업으로 10분 남짓 몸을 풀어 준 후에 그날의 의도에 맞는 아사나를 연결해 만든 플로우로 몸 전체에 긴장과 이완을 심어 준다. 부드럽게, 또 강하게 열리고 강화된 상태에서 한두 번의 플로우를 더 경험한다. 다리에 맺힌 땀이 복숭아뼈로 떨어지고, 머리를 숙였는데 매트 위로 후두둑 땀방울이 맺힐 때, 정수리 언저리에서 맺힌 땀이 이마를 거쳐 눈썹 위에 맺힐 즈음 선생님은 달콤하게 말할 수 있다.

"자, 무릎을 땅에 대고. 아기 자세에서 잠시 쉬어

갑니다. 호흡 정리하고⋯⋯."

이때를 놓쳐선 안 된다. 쉴 땐 철저하게 쉬어야 한다. 움직이지 않는다고 넋까지 놓아 버리면 안 된다. 플로우를 반복하는 동안 혼이 쏙 빠지게 힘들었어도 쉴 때는 정신을 차려야 한다. 그래야 제대로 회복할 수 있다. '지금 쉬고 있다, 아주 잘 쉬고 있다' 속으로 되뇌고 스스로를 인식하면서 호흡이 평소의 리듬으로 돌아오는 과정을 차분하게 지켜본다. 내가 지금 어떤 상황인지를 바라보는 연습. 수련은 아직 끝나지 않았다.

"자, 이제 머리를 벽 쪽으로 하고 누워서 발바닥을 바닥에 두고 무릎을 직각으로⋯⋯."

아무리 충분히 쉬었어도 이즈음에선 머리가 조금씩 표백되기 시작한다. 우르드바다누라사나로 가는 첫 번째 준비 과정일 가능성이 상당하기 때문이다. 잘 아는 자세야말로 공포스럽다. 진짜 무서운 맛은 아는 맛인 것처럼.

"양손 끝이 어깨를 향하도록 해서 손바닥을 얼굴 옆 바닥에 둡니다."

이제 틀림없다. 오늘은 후굴의 날이었던 것이다.

앞서 수련했던 모든 아사나에서 가슴과 골반을 집요하게 열어 준 이유가 바로 거기 있었다.

"골반을 먼저 천장 쪽으로 올리고, 정수리를 바닥에 댑니다."

무섭다고 물러설 수는 없다. 선생님의 리드에 귀를 기울이면서 자세와 호흡을 같이 가다듬어야 한다. 그래야 본격적으로 아사나에 돌입했을 때 제대로 머무를 수 있다.

"자, 이제 골반을 천장으로 들어 올리고 시선은 손 가운데로…… 가슴을 활짝 열어 주면서 호흡합니다."

이제 내 몸도 사진에서 보던 그 모양이 되어 있을 것이다. 몇 번이나 사진으로 찍어서 확인해 본바, 그게 썩 괜찮은 모양이라는 확신도 있다. 하지만 아사나를 취했다고 거기서 그냥 끝나는 법은 없다. 이제 유지해야 한다. 선생님께서 처음 부르는 숫자가 5일지 8일지, 혹은 10일지 귀추가 주목되는 순간이다.

"열!"

두 발과 두 손으로 땅을 받치고 전신을 위로 뻗은 상태에서 열 번의 호흡을 유지해야 한다는 뜻이다. 다

섯이었으면 좋았을 텐데. 여덟이어도 행복했을 텐데.

"아홉!"

요가에서의 호흡은 깊고 느리다.

"여덟! 일곱!"

"으흡."

"다섯, 넷, 조금만 더!"

여기저기서 신음 소리가 들려올 때, 실낱 같은 위안이 생기기도 한다. 나만 힘든 게 아니다. 이 스튜디오 안에서 수련하는 모든 사람이 동시에 같은 고난을 극복하고 있다. 동지애와 연대 의식이 샘솟는다. 이 열기가 우리 모두의 에너지라는 걸 안다. 그 힘으로 조금 더 버텨 본다.

"셋! 둘!"

"아압."

"하나!"

이제 엉덩이를 내려야 하는데, 쉬어야 하는데, 선생님은 우리를 조금 더 깊은 세계로 안내하고 싶은 것 같다.

"이제 무릎을 펴 볼까요? 가슴을 조금 더 활짝 열

어 봅니다. 자, 시원언하게."

"아……."

여기서부터는 의지와 자존심의 싸움이다. 열 번의 호흡을 버텼는데 마지막 도전에 소홀할 수는 없다. 선생님의 리드는 수련생들에겐 기회다. 오늘 한 번이라도 시도해야 다음에 조금 더 깊어진 나 자신을 만날 수 있다.

"자, 다섯!"

"으……."

"넷!"

"하……."

그날의 나는 그즈음에서 골반을 내렸다. 거기가 최선이었다. 우르드바다누라사나에서 다리를 펴는 건, 역시 사진에서 보면 그렇게 편하고 아름다워 보일 수가 없다. 하지만 그 옵션 하나가 추가된 것만으로 열림의 차원이 달라진다. 가슴에 창을 낸 것처럼, 그 창문을 활짝 연 것처럼, 가슴을 뚫고 시원한 바람이 불어온 것처럼 개운한 감정을 느낄 수 있다.

"다 너무 잘했어요. 정말 아름다웠어요. 진짜 잘했

어요.”

　누워서 숨을 몰아쉬고 있을 때 듣는 선생님의 칭찬. 나보다 더 오래 버텨 낸 수련생들에게 하는 칭찬일 수도 있지만, 그건 그 목소리를 듣는 마음가짐에 달린 일이다. 내 경우, 마지막 세 번의 호흡을 함께하지 못하고 떨어졌다 해도, 그 칭찬에는 온전한 내 몫이 있다고 다소 뻔뻔하게 믿고 나름의 위안과 성취감을 얻는 편이다. 최선을 다했으니까. 게으름 부리지 않았으니까. 내일은 더 잘할 수 있으니까.

　여기서 오른쪽 다리를 들어 올려 발바닥을 천장이 향하도록 하는 식으로 조금 더 깊어질 수도 있다. 오른쪽에서 몇 번의 호흡을 경험하고 나선 왼쪽 다리를 시도할 수도 있다. 역시 사진은 쉬워 보이지만 해 보면 정말 어렵다. 잘 뻗어지지를 않아서, 저 다리가 내 다리가 맞나 싶다.

　“자, 이제 엉덩이를 잠시 내렸다가 두 손을 어깨 쪽으로 조금 더 가까이.”

　선생님이 이렇게 말하는 날은 그렇지 않아도 깊은 후굴을 한 차원 더 깊게 이끌겠다는 뜻이다. 발바닥과

손바닥의 사이가 좁아지면 허리가 꺾이는 각도도 훨씬 격렬해진다. 완만한 아치형이었던 자세가 거의 말발굽에 가까운 모양으로 잡히기 시작한다. 이렇게 한 걸음 한 걸음 가까워지다 보면 두 손이 발목을 잡는 경지까지 이르게 된다. 혹은 그대로 상체를 일으켜 똑바로 설 수도 있다. 쓰면서도 아찔하다.

깊은 후굴을 경험한 후에는 무리하지 않는 전굴 자세로 몸을 풀어 준다. 마무리는 역시 사바사나. 유난히 힘든 아사나를 수련한 날의 사바사나는 정말이지 달콤하다. 몸에서 열기가 식는 걸 시시각각으로 느끼면서 오늘의 수련을 복기하는 시간이기도 하다.

"울드바다누라사나에 공포를 느끼는 건 어쩌면 자연스러울 수 있어요. 몸의 전면을 그대로 노출하는 자세이기 때문에, 사람에 따라서는 충분히 그럴 수 있거든요. 요가에서는 몸의 뒷면, 등을 과거, 가슴을 미래로 봅니다. 과거가 잘 정리돼 있어야 미래를 열 수 있고, 등 근육이 잘 받쳐 줘야 가슴을 시원하게 열 수 있어요."

오늘 내 가슴은 얼마나 열렸을까? 아직 화해하지

못한 과거는 지금의 내 등을 얼마나 묵직하게 붙들고 있는 걸까? 탈의실에선 그런 생각을 하면서 거울에 등을 비춰 봤다. 둥글고 통통해서 견갑골이 잘 보이지 않았다. 요가의 모든 아사나는 마음과 인생에 닿아 있고, 나는 살을 조금 더 빼고 싶어졌다.

3

우리끼리의
단정한 성취

요가를
못 하게 된 몸

한갓진 생일을 막 지난 날이었다. 이튿날은 설이었다. 모든 생일이 북적거려야 제맛인 건 아니니까, 절반의 외로움과 절반의 한적함을 내내 즐기던 연휴였다. 퇴사하고 이별하고 새로운 일을 설계하던 시간이 숨가쁘게 흘렀다.

퇴사하면 쉴 수 있을 거라는 믿음 같은 건 이제 허망하다는 걸 안다. 일은 회사 밖에도 많았고, 나는 출근하지 않으면서도 여전히 많은 일을 하고 있었다. 일이 많아서 생기는 스트레스보다 할 수 있는 일을 제때 못해서 느끼는 스트레스가 훨씬 컸다. 하지만 설 연휴에는 머리를 비우고 싶었다. 바쁜 마음도 다 내려놓고 싶었지만…….

겨울이 한풀 꺾인 것 같았던 2월 중순, 햇빛이 유난히 밝은 날이었다. 나는 느슨한 약속처럼 천천히 산책하고 싶었다. 해가 따뜻해서 일부러 빛을 쫓아 걸었다. 마트에서 먹을 걸 사고 공원에 앉아 음악을 들었다. 이미 완벽에 가까운 하루였다. 집에 가서 샤워를 하고 식사를 마치면 다시 멋진 오후가 시작될 것 같았다.

하지만 집에 돌아갈 땐 왜 그 길로 걸었을까? 그때 BMW 매장에 있던 차들을 왜 그렇게 유심히 보고 싶었을까? 내 시선이 왼쪽으로 고정돼 있을 때 몸이 오른쪽으로 크게 휘청거렸다. 들고 있던 비닐봉지가 떨어지면서 내용물도 다 쏟아졌다. 우유니 햇반이니 하는 것들이 바닥을 구르는 장면이 슬로모션처럼 보일 때, 내 몸이 다시 반대쪽으로 크게 뛰어올랐다. 제멋대로 튀어 오르는 고장난 스프링처럼. 오른쪽으로 휘청인 만큼 왼쪽으로 생긴 반동이었다.

이제 균형을 잡을 차례였다. 땅을 딛고 똑바로 서고 싶었는데, 오른발이 땅에 닿는 순간 그대로 무너지고 말았다. 발에 힘을 실을 수가 없었다. 균형을 잃고 넘어지기 직전에 오른손으로 땅을 짚었다. 오른발 어

딘가가 심각하게 망가진 것 같았다. 더 이상 양발로 설수 없을 것 같았다. 오른발을 들고 깽깽이걸음으로 옆건물 화단에 앉았다.

"흐읍……."

너무 아파서 소리도 안 나왔다. 나는 '헙!' 하고 멈춘 숨으로 크게 휘청이다가, 다시 튀어 올랐다가, 가까스로 균형을 잡고 한 발로 뛰어 앉을 곳을 찾은 것이었다. 숨도 못 쉬고 몸을 웅크리면서 고통을 꾹 참았다. 심하게 욱신거리는 오른쪽 발목을 두 손으로 쥐고 다시 호흡을 찾기까지 시간이 얼마나 흘렀을까? 몇 초? 아니면 몇 분? 등에서 식은땀이 흘렀다. 돌아보니 내가 휘청거렸던 부분의 도로가 푹 꺼져 있었다. 꺼진 땅의 경계를 잘못 디딘 오른 발목이 바깥쪽으로 푹 꺼지면서 심하게 꺾인 것이었다.

다시 깽깽이걸음으로 골목에 흘린 것들을 수습해 비닐봉지에 담았다. 운동화 끈을 평소보다 강하게 조였다. 일단 집으로 가고 싶었다. 고통이 너무 심했지만 '그냥 좀 삔 거겠지' 생각했다. 집까지 5분, 절룩거려야 하니까 10분. 그렇게 생각하고 걷기 시작했다. 집에만

가면 나을 거라고 생각했다. 발목 삔 게 처음도 아니니까, 얼음을 얹어 놓고 가만히 있다 보면 가라앉을 거라고 믿고 싶었다.

집까지는 거의 30분이나 걸렸다. 가슴과 등에 땀이 흥건했다. 산 것들은 식탁 위에 대충 부려 놓았다. 세수를 하고 소파에 누웠다. 몸에 긴장이 풀리면서 기절하듯 잠에 빠져들었다. 회복을 위한 잠. 어렸을 땐 늘 그랬던 것 같았다. 자고 일어나면 모든 게 좋아져 있었다. 속상했던 마음도 가라앉아 있었다. 왜 울었는지는 생각도 안 났다. 그렇게 까무룩 잠들었다 깨면 대체로 배가 고팠는데, 마침 엄마가 준비해 준 간식을 먹고 나면 다시 여지없이 좋은 날이 되었다.

하지만 나는 더 이상 어리지 않았고 어떤 불행은 양보를 몰랐다. 자고 일어났더니 발목은 아예 죽은 것 같았다. 검푸르게 성난 듯 부어 있었다. 이제는 바닥을 디딜 수도 없었다. 설날 아침엔 아버지와 시골에 가야 했는데, 아버지께 사진을 찍어 보냈더니 그냥 쉬어야 한다는 대답이 돌아왔다. 절룩거리면서 끼니를 챙겨 먹고 소파에 모로 누웠다. 넷플릭스 목록을 뒤적이다

가 책을 집어 들었다. 그대로 초저녁부터 잠들었다. 길게 한숨 자고 일어나면 거짓말처럼 회복돼 있길 바라면서.

이튿날, 발목은 이제 검푸른 몽둥이처럼 부어 있었다. 만져 보면 딱딱하기까지 해서 겁이 났다. 어머니와 누나가 떡국을 싸 와서 같이 먹고, 누나가 운전하는 차를 타고 응급실에 갔더니 '심하다, 왜 이제 오셨느냐'고 했다. 엑스레이 촬영을 하고 반깁스를 했다. 바닥이 두꺼운 고무 신발을 받았다. 다크 서클이 턱까지 내려온 의사가 건조한 목소리로 말했다.

"다행히 부러지진 않았어요. 인대를 심하게 다친 거예요. 움직이시면 안 돼요. 안 움직여야 나아요."

그길로 집에 돌아왔다. 어머니와 누나를 안심시키고 다시 혼자가 되었다. 이후 두 달 가까이 이어졌던 강제 요양의 시작이었다. 집 밖에서 하던 모든 일을 멈춰야 했다. 움직이지 않는 게 내 일이었다. 하루가 하릴없이 길어졌다.

남동쪽으로 난 창에서 해가 뜨는 걸 느끼면서 깼다가, 북서쪽으로 난 거실 창에서 해가 떨어지는 걸 그대

로 지켜봤다. 하루 종일 영화를 보거나 책을 읽었다. 배가 고프면 절룩거리면서 밥을 챙겨 먹었다. 직장에 소속돼 있지 않은 사람의 전화기는 아주 가끔만 울렸다. 거실에는 그동안 못 읽었던 책들이 쌓여 갔다. 손이 닿는 곳에 늘어놓고 잡히는 대로 골라 읽었다. 하루 종일 말 한마디 안 했으니까, 가끔 전화가 오면 종일 잠겨 있던 목을 가다듬고 나서 받았다.

길게 떨어지는 겨울 햇빛을 보면서 저녁 식사를 하고 진통제까지 챙겨 먹고 나선 '썩 나쁘지 않아, 통증만 없다면' 혼자 웃으면서 생각하다 나른하게 잠들었다. 깨면 다시 아침이었다. 일종의 강제 휴식이었다. 아프니까 쉴 수 있었다.

2주 후에 석고 깁스를 풀었지만 움직일 순 없었다. 한약을 먹고 침을 맞으면서 다시 한 달 반 동안 플라스틱 깁스를 했다. 캐스트를 풀고 나서도 자유롭진 않았다. 발목이 돌아가지 않으니 양반다리로 앉을 수도 없었다. 무의식 중에 기지개를 켤 때마다 벼락처럼 아팠다.

수련? 당연히 못 했다. 요가는 건강을 위해 하는 것이기도 했지만, 건강하지 않으면 못 하는 것이기도

했다. 앉아서 할 수 있는 자세로만 몸을 풀고 싶었지만 여의치 않았다. 이대로 화석처럼 굳어 버리면 어쩌지? 다시 솜사탕처럼 약해지면? 시간이 나를 배신하는 것 같았지만…… 그 와중에 몸에선 좀 묘한 일이 벌어지고 있었다.

일단 살이 빠지기 시작했다. 그냥 내 몸의 형태로서 거기 영원히 붙어 있을 것 같은 살들이 사라지기 시작했다. 지도자 과정을 이수하는 동안은 착실하게 근육이 붙었지만, 물이 기름을 밀어내는 것처럼 부피가 커지는 식이었다. 그때 만났던 친구들은 "너 요가 말고 웨이트트레이닝 하는 사람 같아." 놀라면서 말했다.

그 기름들이 줄어들고 근육이 제자리를 찾으면서 피부색도 밝아졌다. 가끔 구호물자를 챙겨 집에 오시던 어머니께서 "얼굴이 밝아졌다?" 하실 땐 "빛을 못 봐서 그래요." 눙치고 말았지만 그게 다가 아니었다. 발목을 삐었던 그날 이후로 술은 한 방울도 마시지 않았다. 모든 끼니는 집밥이었다. 침과 한약을 병행하면서는 밀가루도 끊었다. 쉬는 동안의 회복은 발목에 한정된 게 아니었다. 몸 전체가 리셋을 준비하고 있었다. 일

종의 정화 과정이었을까? 몸은 착실하게 생활을 반영하고 있었다.

몸이 맑아지니까 입맛도 예민해지기 시작했다. 회복 후 처음으로 혼자 걸어간 동네 카페에선 거의 처음으로 커피 맛을 느꼈다. 평소엔 보리차에 가깝다고 생각했던 카페였다. 안 맞아서 걸어 두기만 했던 바지와 셔츠도 맞기 시작했다. 하나를 입어 보곤 신기해서 몇 벌을 더 입어 봤다. 우연이 아니었다. 몸이 몇 년 전으로 돌아가고 있었다. 주량도 줄었다. 회복 후 처음 마신 맥주로는 딱 한두 잔 만에 뿌듯하게 좋은 기분이 됐다.

"맥주 맛이 이런 거였어? 맛있는 술이었네, 맥주!"

마주 앉은 친구는 신기한 표정으로 말했다.

"너 표정도 많이 좋아졌어. 평화로워. 그냥 다친 게 아니었나 봐. 회사 그만두고 새로운 일 시작하기 전에 억지로라도 쉬라고 그렇게 아팠나 봐. 너 아프지 않으면 쉬지도 못하는 사람이잖아."

나는 왜 그렇게 무리했던 걸까? 의무감처럼 마셨던 그 술들이 다 무슨 의미였을까? 다 같이 취해서 한껏 웃을 땐 여지없이 행복했지만…… 한약을 지어 주

면서 "꽤 힘들었을 텐데 괜찮으셨어요?" 묻는 선생님
한테 "제가 요가 수련을 하는데요." 했을 때 표정이 아
직도 잊혀지지 않는다.

"요가라도 하니까 이 정도였던 거예요. 가까스로
지탱하고 계셨네요. 일단 약을 좀 드셔 보세요. 좋아질
거예요."

약봉지를 받아 들고 집까지 절룩절룩 걸어가던 오
후와 친구의 말이 자꾸만 겹쳤다. 몸은 망가지는 줄도
모르는 사이 망가져 있었다. 나아질 일도 없이 내달리
던 일상이었다. 그러다 모든 일정이 멈췄을 때 몸이 알
아서 회복을 선택한 것이었다. 조바심도 같이 잦아들
었다. 평생 같이할 몸, 조금 더 아껴 주자고 이제야 생
각하게 됐다.

몇 개월 후, 다시 수련을 시작했을 땐 처음처럼 두
려웠다. 늘 하던 자세들이 처음 만난 것처럼 새침하게
굴었다. 어떤 자세는 아파서 불가능했다. 하지만 요가
를 처음 만났던 첫날 그랬던 것처럼 천천히, 다시 몸을
움직이기 시작했다. 선생님도 첫날처럼 말했다.

"할 수 있는 범위 안에 머물러 계세요. 무리하실 필

요 없습니다."

침대에서 일어나 처음 딛는 걸음도 아프지 않게 됐을 무렵, 거의 4개월 만에 빈야사 수련을 마치고 나서는 길에 선생님과 이런 대화를 나눴다.

"괜찮았어요? 발목, 힘들지 않았어요?"

"너무 좋았어요. 오늘은 요가 처음 수련한 날 같았어요."

"응? 그게 무슨 말일까?"

선생님은 의아한 표정으로, 하지만 한껏 웃으면서 나를 안아 주셨다. 천천히, 달래듯, 할 수 있는 범위 안에서 최선을 다 하는 일. 내 통제를 벗어난 어떤 일 때문에 좌절하거나 분노하지 않는 방법을 다시 배우는 시간. 평생 배우고 싶은 선생님이 곁에 있었다. 요가는 나를 보채는 일이 없었다.

연말의 108배

그날은 7시까지 요가원에 가야 했다. 한 해를 마무리하는 태양경배 108배 수련이 있는 날이었다. 지금까지는 어쩐지 참여할 생각을 못 했던 수업. 나보다 훨씬 더 깊이 수련하는 사람들을 위한 시간이라고 생각했다. 하지만 그해는 요가와 내가 유난히 가까워진 것 같은 해였다. 그래서 108배 공고가 붙었을 때부터 기다렸다. 유난했던 한 해, 마무리는 경건하고 차분하게 하고 싶었다.

오후 6시경 천천히 준비를 시작했다. 미리 가서 매트를 깔아 두고 천천히 몸을 풀면서 마음을 정리하고 싶었다. 그렇게 보내 주고 싶은 한 해였다. 발목을 크게 다쳐 칩거했던 2월과 3월. 내 회사를 차려서 쉬지 않고

달렸던 사계절.

하지만 연말의 금요일 밤. 한남대교를 건너는 데만 20분이 걸렸다. 가는 내내 조마조마했다. 요가원에 도착한 시간은 정확히 6시 59분이었다. 수건을 입에 물고 매트는 옆구리에 끼고 가쁜 호흡으로 스튜디오에 들어갔을 때, 딱 내 매트를 깔 수 있는 정도의 공간이 두 번째 열에 비어 있었다. 선생님이 종이를 나눠 주면서 말했다. 다 같이, 새해를 위해 스스로에게 바라는 점에 대해 쓰는 시간을 갖자고.

"로또에 당첨되게 해 주세요. 이런 걸 쓰는 게 아니에요. 내가 내 의지로 할 수 있는 것들에 대해. 내가 세울 수 있는 의도에 대해 써 보셨으면 좋겠어요."

매트에 배를 깔고 엎드려서 볼펜을 잡았다. 배가 따뜻했다. 볼펜이 종이에 닿을 때마다 좋은 소리가 났다. 그렇게 30분 동안 흰 종이를 채웠다.

"자, 지금 쓰신 종이를 매트 밑에 넣어 두고. 이제 우리 매트 앞에 설까요? 처음 해 보는 분들도 계실 테니까 어떻게 하면 되는지, 우리가 어떻게 이 시간을 같이 보낼지 간단하게 설명드릴게요."

태양경배, 수리야나마스카라(SuryaNamaskar) A는 열 번의 호흡, 열 개의 자세가 들숨과 날숨에 따라 물처럼 흐르는 동작이다. 빈야사 요가 수련에서 본격적인 흐름을 타기 전에 몸을 풀어 주는 자세이기도 하다. 기본 중의 기본, 이미 헤아릴 수 없을 만큼 반복했던 자세였다. 108이라는 숫자의 거대함을 가늠할 길이 없었지만, 108번을 반복한다 해도 딱히 힘들 일은 없을 것 같았다. 하지만 궁금했다. 그 거대함을 체험하는 동안 내 몸과 마음은 어떻게 변할까? 스튜디오에는 약 50여 명이 함께였다. 선생님의 목소리를 따라 108번의 태양경배를 시작했다.

시작할 땐 전신이 뻑뻑했다. 하루 종일 책상 앞에서 움츠러든 몸이었다. 아래 허리와 햄스트링, 종아리부터 발뒤꿈치까지 이어지는 모든 근육이 제각각 기지개를 켜는 것 같았다. 늘어졌던 근육에는 힘이 오르기 시작했다. 이대로 다섯 번 정도 반복하면 더 편해질 것이었다. 태양경배는 그런 동작이었다. 세 번에서 다섯 번만 반복하면 전신이 강해지면서 동시에 부드러워졌다. 잠들기 전에 몇 번만 해도 수면의 질이 달라졌다.

스무 번쯤 했을까? 몸이 점점 가볍게 느껴지기 시작했다. 전혀 힘들지 않았다. 이대로라면 영원히 할 수 있을 것 같았다. 어려운 자세가 있는 것도 아니고 오래 버텨야 하는 것도 아니었다. 오로지 반복이었다. 속도는 평소보다 조금 빨랐다. 하면 할수록 온몸에 에너지가 차오르고 있었다. 심지어 30~40회쯤 했다는 느낌이 들 때는 스스로 좀 잘한다고 생각했다. 혼자 우쭐했던 것이다. 그날, 우리 요가원에 바보가 한 명 있었다.

숫자는 처음부터 헤아리지 않았다. 숫자를 세느니 숨을 쉬자는 생각이었다. 하다 보면 끝날 테니까, 그때까지는 어떤 생각도 하지 말자는 의도이기도 했다. 느끼고 싶은 건 오로지 흐름이었다. 내 몸이 만들어 내는 작고 사소한 흐름. 그날 스튜디오에 있었던 모두가 같은 동작을 정성껏 하면서 만들어 내는 거대한 에너지. 하지만 시간이 흐르고 횟수가 쌓이면서 이런 생각도 곧 사라졌다. 의식과 마음이 하나의 작은 점으로 수렴하는 것 같았다.

반복하는 태양경배의 흐름에 몸과 마음이 동시에 영향을 받고 있었다. 이제 이 무수한 반복 안에는 어떤

신성마저 있는 것 같았다. 원하는 것도 바라는 것도 없는 채, 다만 108회를 채울 때까지 하나의 플로우를 반복하는 데에는 심플하고 우직한 순수가 있었다. 보기엔 비슷해 보이지만 사실 같은 동작이 하나도 없다는 것도 하면서 깨달았다. 개별 아사나의 디테일이 매번 달랐다. 호흡의 길이와 깊이도 달랐다.

하나의 태양경배를 시작할 땐 매일 맞이하는 아침 같았고, 한 번의 흐름이 끝날 땐 그제야 잠드는 밤 같았다. 일상처럼 반복하는 흐름. 늘 같지만 절대 같을 수 없는 시간의 반복이었다. 시간이 갈수록 시야가 좁아졌다. 땀방울 하나하나가 눈에 들어오기 시작했다. 나, 매트, 땀 말고 다른 모든 것들이 천천히 부서지는 것 같았다. 건물처럼 와르르 무너지는 게 아니었다. 먼지가 돼서 날리듯했다. 허공에 선 느낌이 이럴까? 이 흐름의 끝에는 단정하지만 완벽한 소멸이 우리를 기다리는 것 같았다. 나는 천천히 정화되고 있었다.

그렇게 또 십수 번을 반복했더니 이번엔 느낌의 스케일이 달라졌다. 한 번의 흐름이 1년 같았다. 시작할 때 1월이었다가 끝날 때 12월이 되었다. 태양경배 한

번의 흐름에 한 해가 다 담겨 있는 것 같았다. 열 번의 태양경배에 10년이 흘렀다. 나는 스무 살이었다가, 몸에 가득찬 젊음을 느꼈다가, 서른이었다가, 우쭐했다가, 노년에 접어들어 사지가 천천히 무거워지기 시작하는 걸 느끼면서 적잖이 당황하고 있었다.

팔, 다리, 엉덩이, 허리, 어깨가 한꺼번에 묵직해졌다. 태연하게 몸을 움직이려고 조금 더 힘을 쓸 때는 오히려 더 빠르게 늙어 가는 것 같았다. 이제 몇 번이나 했을까? 한 번이 1년이라면 나는 지금 몇 살일까? 이 흐름을 끊을 수가 없었다. 시간과 노화를 막을 수도 없었다. 몸이 점점 무거워졌다. 108번을 다 마치는 순간의 나는 혹시 죽음을 엿보는 게 아닐까?

근육이 아파서 힘이 든 게 아니었다. 나는 그대로인데 중력이 강해진 느낌. 모든 근육의 질량이 늘어난 것 같았다. 근육섬유 하나하나에 크고 작은 무게추가 달려 있어서 '끄응차' 하고 소리를 내야만 움직일 수 있을 것 같았다. 이렇게 조금씩 무거워지다, 천천히 느려지다 결국은 멈추는 일. 늙다, 감당하다, 결국은 죽음으로 끝나는 시간.

이때 사랑하는 사람들의 얼굴이 빛처럼 눈에 들어오기 시작했다. 내 기억 속에서 가장 젊은 엄마가 빛 속에서 소녀처럼 웃고 있었다. 아빠한테는 여전한 활기와 에너지가 있었다. 우리는 그때부터 이렇게 같이 죽음을 향해 살아가고 있었다. 몸이 무거워질 때 머리는 점점 가벼워졌다. 유한해서 슬펐지만 피할 수 없어서 명료했다.

"같은 동작을 반복하는 거예요. 삶이 또한 그렇습니다. 마음을 다해서, 사랑하는 사람을 위해서, 기도하는 마음으로."

머리에서 흐른 땀이 눈 속으로 들어가서 자꾸만 따가웠는데 훔칠 틈이 없었다. 옷이 헝클어지고 안경이 흘러내렸다. 몸이 땀으로 덮여 갈 때, 마음에 끼어 있던 모든 안개가 말끔히 물러나고 있었다. 선생님은 단 한 번도 횟수를 알려 주지 않았다. 108회의 태양경배 중 몇 번이나 남았는지 아는 사람은 선생님뿐이었다. 나는 사랑하는 사람들의 행복과 건강을 기원하면서 따가운 눈과 헝클어진 옷, 흘러내리는 안경을 그대로 두었다. 다만 반복했다. 하루, 1년, 평생 같은 흐름을.

"아주 잘하고 있어요. 거의 다 왔어요. 모두 정말 잘하고 있어요. 멋져요."

아는 게 무슨 의미가 있을까? 108회를 성실히 마치면 끝나는 일이었다. 그 전까지는 멈출 수 없고 헤아린다고 달라질 일도 없었다. 이젠 허리가 뻐근했다. 엉덩이는 고깃덩어리처럼 뚝 떨어질 것 같았다. 어깨와 팔은 물속에 잠긴 것 같았다. 하지만 죽은 후에는 다시 일어날 일이 없는 것처럼, 끝나면 분명히 쉴 수 있었다. 105회의 경배를 마칠 때까지, 우리는 그렇게 또렷하고 평화로운 미궁 속에 있었다.

"자, 이제…… 다 같이 두 손 가슴 앞에서 합장하고 기다려 주세요. 우리, 이제 마지막 세 번의 경배만 남았습니다."

안도, 탄식, 작은 환호와 뿌듯한 기쁨…… 작지 않은 감정의 덩어리가 발바닥부터 하체를 거쳐 가슴으로 올라오고 있었다. 이대로 머리까지 올라오면 눈물이 흐르겠지? 엄청난 기세로 올라오는 그 에너지를 꾹 담아 눌러 두었다. 울면서 흐트러진 호흡으로는 남아 있는 세 번의 태양경배를 제대로 마칠 수 없을 것 같아서

였다. 마지막 세 번은 조금 더 성실하고 싶었다. 내 삶도 그렇게 마무리하고 싶었다. 사랑하는 사람들의 얼굴이 다시 떠올랐다.

열 번의 호흡, 한 번의 흐름, 세 번의 반복. 마지막 태양경배의 기억은 선명하지 않다. 대신 거기 같이 있었던 사람들의 웃는 얼굴과 박수 소리가 잔잔하게 공간을 채우던 그 느낌만 선명하게 남아 있다. 우리끼리의 단정한 성취였다. 선생님이 말했다.

"우리, 이제 인요가로 몸을 좀 풀어 줄 거예요. 지금 양의 에너지가 굉장히 고조된 상태고, 아마 내일 조금이라도 걷기를 원하신다면, 지금 조금이라도 풀어 주는 게 좋아요."

다 같이 터졌던 웃음은 잠시였다. 어깨와 가슴, 허벅지와 허리를 풀어 주는 동안 우리는 다시 고요해졌다. 한껏 고조됐던 에너지가 일제히 제자리로 돌아가고 있었다. 바닥부터 치고 올라왔던 그 감정도 어느새 흩어져 있었다. 마지막은 사바사나, 송장자세였다. 죽음을 연습하는 자세. 인생을 마친 사람만이 맛볼 수 있는 안식의 세계.

깨어났을 때, 일어나 앉아 눈을 감고 두 손바닥을 무릎 위에 내려놓았다. 사랑하는 사람들이 마땅히 행복하기를 마지막으로 기원했다. 눈을 뜨고 박수를 쳤다. 그제야 모두의 얼굴이 눈에 들어왔다. 이 공간에서 수련할 때마다 다양한 수업에서 만났던 얼굴들. 먼저 인사를 건네던 다정함과 얼굴은 알지만 인사는 나누지 못했던 수줍음들. 같은 시간을 같이 이겨 냈다는 사뿐한 공감대 속에서 우리는 다 같이 웃었다. 그리고 선생님의 얼굴.

"우성 선생님, 같이 해 줘서 정말 고마워."

나는 선생님의 왼쪽 어깨에 얼굴을 묻었다. 안겨서, 한동안 말을 할 수 없었다. 아까 다 흩어졌다고 생각했던 감정이 다시 꿈틀거렸다.

"진짜 감사해요. 너무 좋았어요."

"내가 더 고맙지. 우리 내년에도 즐겁게 수련하자. 알았지?"

나는 작게 대답하면서 고개를 끄덕였다. 스튜디오는 우리가 고조시킨 열기로 한껏 달아올라 있었다. 거기 있던 모든 사람이 그렇게 하나의 호흡이었다. 마음

껏 마시는 들숨이었고, 끝까지 내쉬는 날숨이었다. 마시고 내쉬는 숨 사이의 모든 일이 인생이었다. 우리의 한 해를 요가로 마무리했던 날, 서울의 온도는 영하 13도였다.

발리에서
생긴 일

　그해 겨울, 응우라라이 공항에 막 내렸을 땐 자정 경이었다. 공기가 달큰했다. 남국 특유의 환대와 분주함, 얼굴 근육까지 다 이완된 것 같은 여유가 그 새벽의 공항에서도 느껴졌다. 첫날은 공항 옆 호텔에서 보냈다. 아침이 되면 택시를 타고 우붓으로 떠날 예정이었다. 요가 반(Yoga Barn)에 가서 짐을 풀자. 마음이 동하는 수업을 찾아 며칠을 요가에만 집중하자는 생각뿐이었다.

　이튿날 아침, 차창 밖으로 도시가 빠르게 지나갔다. 30분 정도 달리자 녹색이 점점 짙어졌다. 그렇게 좁은 2차선 도로에 접어들었을 때 분위기가 다시 한번 바뀌었다. 반바지에 민소매 차림으로 요가 매트를 들

고 있는 사람들이 하나둘 시야에 들어오기 시작했다. 택시 운전사가 말했다.

"요가 반에 가신다고 했죠? 바로 저기예요. 길 건너 좁은 골목길로 들어가면 있어요. 좋은 시간 보내요!"

골목 어귀에는 YOGA BARN이라고 쓰여 있는 아주 작은 나무 팻말이 하나 있었다. 익숙한 향냄새, 고요한 볼륨의 만트라, 눈이 마주치면 가슴 앞에 두 손을 모아 인사하는 사람들. 리셉션에선 차를 한 잔 마셨다.

요가 반은 세계적으로 유명한 요가 스튜디오다. 요가를 수련하는 공간인 아름다운 요가 샬라와 다양한 형태의 숙소, 창의적인 채식 식단을 경험할 수 있는 레스토랑을 갖춘 거대한 커뮤니티이기도 하다.

저 아래, 나무로 지은 건물들이 적당한 거리를 두고 옹기종기 모여 있었다. 오른쪽에 있는 레스토랑에선 몇몇 사람들이 생과일 스무디를 마시면서 교재를 펴 놓고 공부 중이었다. 레스토랑을 지나 몇 개의 요가 샬라를 지나는 동안 나는 익숙했던 세상과 천천히 멀어지는 것 같았다. 흙냄새와 풀 냄새가 뒤섞인 정원, 벌

레들의 날개 소리와 새소리 사이로 왼편에 있는 숙소 건물로 안내를 받았다. 방은 2층에 있었다.

"다 왔어요. 편안한 시간 되셨으면 좋겠어요."

아담한 방 한가운데 침대가 놓여 있었다. 넓적한 안락의자, 작은 스탠드, 소박하지만 깔끔한 화장실과 샤워 부스. 어떤 것도 호사스럽지는 않았지만 아쉬운 것도 없었다. 침대에 누웠더니 발아래가 온통 숲이었다. 왼쪽으로 누웠더니 거기도 거대한 나무가 있었다. 4면 중 2면이 통창인 모서리 방. 나는 그대로 누워서 2층 높이의 야자수가 바람에 흔들리는 장면을 오래오래 보고 있었다.

오랜만의 여행이었다. 기자로 일하는 10여 년 동안 거의 처음인 것 같았다. 출장은 잦았다. 여행으로는 도무지 선택하기 어려운 나라에서 귀한 경험을 많이도 했다. 스웨덴과 핀란드의 얼음 호수에서 차를 타고 빙글빙글 돌기도 하고 레바논 베이루트에서 현지 귀족들과 어울린 일도 있었다. 재일 영국 대사관에서 열리는 파티에 참석하거나 남아프리카공화국 희망봉으로 향하는 고속도로를 시속 180킬로미터로 달렸던 순간들

이 생생했다. 하지만 이런 기분은 처음이었다.

보고 싶은 것, 먹고 싶은 것이 아무것도 없었다. 여행 책자를 본 적도 블로그를 찾아본 적도 없었다. 원하는 건 요가뿐이었다. 그것 하나를 완벽하게 보장하는 장소에 전에 없이 평화롭게 누워 있었다.

그러다 몇 분이나 잠들었을까? 눈을 떴을 땐 완전히 어두워져 있었다. 서울에서 쌓인 피로, 공항에서 우붓까지 오는 동안 쌓인 여독이 나를 재운 것이었다. 내일부터는 하루에 몇 시간이고 수련할 생각이었다. 아침에 수련하고, 식사를 마치면 산책을 하고 싶었다. 숙소에 돌아와 책을 읽다 오후 수업을 듣고, 이른 저녁 식사를 마치면 다시 숙소로 돌아오고 싶었다.

이 흐름은 나를 어디로 데려갈까? 나는 이곳에서 게을러질 수 있을까? 습관처럼 떠오르는 물음표들을 그대로 두고 늦은 저녁 식사를 하려고 길을 나섰다. 작은 오솔길을 지나, 몇 개의 요가 샬라와 레스토랑을 다시 지나, 그 안에서 참 예쁘게 웃고 있는 사람들을 바라봤다.

저 사람이 누군지, 어디서 왔는지를 궁금해하기 전

에 두 손을 가슴 앞에 모으는 사람들이 한 공간에 앉아 있었다. 나도 같이 합장하면서 고개를 숙였다. 서울에 두고 온 것들이 꿈처럼 희미해지기 시작했다. 나는 조금씩 단순해지는 것 같았다.

아침은 일찍 시작됐다. 아주 어렸을 때, 지금보다 잠이 깊었을 때 외할머니 댁에 놀러 가면 이런 아침을 맞을 수 있었다. 소풍날 새벽에도 비슷한 심정이었다. 부엌의 분주함이 잠을 깨우던 아침. 누군가의 부지런함이 나에게도 근면을 가르치던 시간.

서울에서의 아침은 절반이 억지였다. 알람은 무조건 두 개 이상 맞춰 놓았다. 늘 적잖은 스트레스와 맞서야 했다. 무기력, 가벼운 우울, 이대로 하루를 탕진하고 싶은 마음을 이겨 내야 했다. 늘 혼란스러웠다. 나를 움직이는 건 정말 나일까? 내 시간을 이끌어 가는 건 누구일까? 지금 걸려 오는 전화일까? 내일까지 해내야 하는 마감일까? 서로가 서로에게 마땅히 다해야 하는 책임감일까?

요가 반에서는 다양한 스타일을 경험하며 수련하고 싶었다. 한두 시간은 빈야사, 다른 한 시간은 인요가

나 명상으로 채울 계획이었다. 스튜디오와 숙소 사이는 도보로 5분 정도 거리였다. 밤사이에는 비가 온 것 같았다. 나무와 흙이 습기를 머금고 있었다. 그들이 다시 내뿜는 냉기 사이를 천천히 걸어 스튜디오에 도착했을 때, 누군가는 벌써부터 땀을 흘리고 있었다. 어떤 사람은 정좌로 앉아 눈을 감고 있었다.

나도 매트를 깔았다. 한국에서부터 오랫동안 수련하던 내 매트였다. 요가 스튜디오는 사방이 뚫려 있었다. 누웠더니 배 위로 바람이 불었다. 흙냄새와 나무 냄새가 깊이 배어 있는 바람. 나는 손바닥을 위로 하고 눈을 감았다. 세계 어디에서라도 이 매트를 깔고 누우면 거기가 내 자리였다.

수업은 영어로 진행됐다. 분위기는 서울과 아주 달랐다. 활성화하는 뇌의 부위와 순서가 다른 느낌이라고 말하면 어떨까? 우리 요가원에서 수련할 땐 대체로 우뇌가 먼저 활성화되기 시작했다. 선생님의 말을 들으면서 그날의 의도를 세우는 게 첫 번째 단계였다. 플로우는 그 의도에 맞는 아사나로 촘촘히, 논리적으로, 깊은 몰입에 빠질 수 있도록 배치돼 있었다. 수련을 마

치고 나면 몸과 마음이 어떤 식으로든 연결돼 있다는 걸 땀과 열기 속에서 깨달을 수 있었다. 마음을 여는 준비가 우선. 그 틈 사이로 몸이 강해지는 느낌.

요가 반에서의 첫 번째 수업은 몸을 먼저 여는 느낌이었다. 선생님은 직접적이고 실용적인 언어로 몸을 먼저 깨우기 시작했다. 진짜 뛰어난 무술가의 몸은 얼마나 유연한지 설명하면서 다 같이 십수 번의 발차기를 하기도 했다. 서울에서는 상상도 못 할 움직임이었다. 적잖이 당황스러웠지만 굉장한 활기와 상쾌함이 온몸에서 느껴졌다. 어쩌면 아이의 마음에 가까웠다. 다리를 이렇게 강하게 차올린 게 언제였지?

같이 수련하던 사람들도 다 내려놓기 시작했다. 가부좌를 틀고 진지한 얼굴로 수업을 준비하던 남자는 왼발과 오른발을 번갈아 차면서 거의 '깔깔깔' 웃다시피 했다. 잘하고 못하고를 가릴 일이 아니었다. 장난처럼 웃으면서 열심히 찼다. 곧 햄스트링과 대퇴직근, 내전근과 아래 허리가 뻐근해졌다.

미리 정해 놓은 플로우는 없는 것처럼 느껴지기도 했다. 어딘가에 깊이 몰입해서 몸을 움직이는 방식이

라기보다 체육 시간 같은 활기가 먼저 느껴졌다. 무술과 요가 사이에서 절묘하게 맞춘 균형 같은 것. 땀도 좀 다른 느낌으로 흘렀다. 서울에선 이슬처럼 맺히다가 샛강처럼 흐르는 느낌이었는데, 이날은 다 같이 소나기를 맞은 것 같았다. 폴 테오도어라는 이름의 미국 선생님의 수업이었다. 이름은 '파워 요가'였다.

마지막 동작, 사바사나에 들어갔을 땐 멀리서 어쿠스틱 기타 소리가 들려오기 시작했다. 폴 선생님이 자작곡을 직접 연주하는 소리였다. 이마에 맺힌 땀이 매트 위로 떨어지는 소리, 폴이 연주하는 기타 소리, 바람에 흔들리는 나뭇잎끼리 내는 소리 사이에서 나는 힘을 빼고 또 뺐다. 이완에 이완을 더하자 몸이 매트 아래로 가라앉는 것 같았다. 상쾌한 허기 속에서 첫 번째 아침이 지나가고 있었다.

아침 식사는 생과일 스무디, 뮤즐리, 그래놀라 등이었다. 이미 식사를 마친 사람들은 삼삼오오 모여 앉아서 느슨하게 대화하며 웃고 있었다. 분위기와 소리 자체는 유럽 어딘가 노천 카페의 주말 아침 같았지만…… 익숙한 분위기의 여유가 아니었다. 마냥 느슨

함도 아니었다.

요가 반에는 뭔가 특별한 분위기가 있었다. 얕은 흥분과 고요의 균형이 절묘하게 잡힌 공간. 요가라는 거대한 세계에 어느 정도의 개인을 자발적으로 의탁한 사람들끼리 익숙하게 주고받는 평화와 안락이 공간 전체를 잔잔하게 감싸고 있었다. 내가 속할 곳이 어디인지 아는 사람들. 그곳을 스스로 선택하면서 다른 곳은 잠시 잊은 사람들끼리의 이토록 자연스러운 소속감이었다. 인간은 결국 어딘가에 온전히 소속되기 위해 사는 거라는 말은 누가 했지? 유진 오닐이 쓴 희곡이었나? 대학에서 배운 미국 단편 소설의 주인공?

나는 마지막 한 모금의 커피를 마시면서 그 평화로운 장면을 바라봤다. 몇 시간을 그렇게 앉아 있어도 질리지 않을 것 같은 풍경이었다. 여기서 몇 개월이고 머물 수 있다면 어떨까? 그럼 삶의 방향을 몇 클릭 정도 수정할 수 있을까? 식당 아래로 계단을 내려가면 아담한 광장이 있었다. 악기를 연주하거나 춤을 추는 사람들, 요가나 무예를 수련하는 사람들이 그 광장에서 오래 친했던 마을 사람들처럼 어울리고 있었다. 아침에

떴던 해가 점점 뜨거워지면서 요가 반의 분위기도 조금씩 들뜨기 시작했다.

　다음 수업은 오후 3시? 혹은 4시? 짧은 잠에 빠져도 좋을 만큼의 여유가 있었다. 나는 마침내 좀 다른 세계에 들어선 것 같았다. 내가 속한 과거가, 나의 도시 서울이, 그 모든 감정과 피로와 상처가 동시에 연해졌다.

비카사에서의
겨울방학

　이듬해 12월에는 태국 사무이 섬에서 꿈처럼 살았다. 아침에 일어나 수련하고 식사는 숙소에서 간단하게 했다. 두어 권의 책을 챙겨 수영장에 갔다. 선 베드에 누워 있다가 가벼운 잠에 들었다. 수련 시간이 되면 다시 요가복을 입고 샬라를 향했다.

　섬에 머무르는 2주 동안 식사는 거의 한곳에서 했다. 조리를 신고 30분 정도 걸었는데, 식당까지 가는 길은 인도가 없는 2차선 산길이었다. 택시는 한 번도 타지 않았다. 해가 중천인 낮에도, 바다에서 시원한 바람이 불어오던 밤에도 꿋꿋하게 걸었다. 스쿠터를 빌릴 수도 있었지만 그러지 않았다. 내 몸과 최대한 친해지고 싶었다. 서울에서 당연했던 모든 디테일들, 거기

서 나를 둘러싸고 있었던 모든 것들과 멀어지는 시간으로 삼고 싶었다.

섬에는 2주간 머물렀다. 앞으로 사흘, 뒤로 나흘은 방콕에 있었다. 남국의 조용한 섬과 글로벌 메가 시티의 대비가 선명한 여행이었다. 코사무이에서는 비카사라는 이름의 요가원에서 수련했다. 가파른 절벽과 비탈 사이에 한적하게 자리잡은 곳이었다. 숙소에는 아담하고 한적한 수영장이 있었다. 시선이 닿는 어디서나 바다를 볼 수 있었다.

비카사 요가원에 도착했던 밤, 한 달 동안 모든 수업을 원하는 만큼 들을 수 있는 멤버십을 샀다. 제한이야말로 우리가 피하고 싶은 단 하나의 단어였다. 고립의 핵심은 시간이었다. 원하는 시간에 원하는 만큼 수련하고 싶었다. 시간을 소유하는 일, 내가 확보한 시간을 내가 가꾸는 일이야말로 이 시대의 럭셔리 같았다.

리조트에서는 조식을 챙겨 먹을 수 있었지만 대부분 방에서 해결했다. 전날 편의점에서 사 온 요거트와 빵으로 가볍게 허기를 채우고 몸을 씻었다. 요가복으로 갈아입고 매트를 들었다. 방에서 요가 샬라까지는

천천히 걸어 5분이 채 안 걸렸다.

　　스튜디오는 절벽 위에 나무로 지은 흰색의 넓은 정자 같았다. 촘촘하게 매트를 깔면 40명 정도는 거뜬할 것 같은 공간. 저 뒤에 거대한 바다가 아침 해를 온몸으로 받아 반짝거리고 있었다. 그 빛의 한가운데, 좀 마른 근육질의 선생님이 매트 위에서 핸드 스탠드, 물구나무서기를 하고 있었다. 등에는 이미 땀방울이 맺혀 있었다. 2주 동안의 매일 아침이 그랬다. 해 뜨는 바다를 보면서, 그 모든 걸 역광으로 등지고 있는 선생님과 함께 수련하는 요가로 하루를 열었다.

　　수련을 마치고 허기를 채우면 선 베드에 누워 남국의 고요를 만끽했다. 어제 보던 바다를 오늘 보는 일에 권태는 없었다. 빛은 시간마다 다르게 부서졌다. 더러는 비가 내리는 날도 있었는데, 수영장에서 비를 맞는 기분도 나쁘지 않았다. 수영장의 온도와 내 몸의 온도가 따뜻하게 맞춰지는 와중, 하늘에서 또 다른 시원함이 쏟아지는 것뿐이었다.

　　밤에는 주로 명상 수업에 참여했다. 여러 개의 싱잉볼을 연주하거나 거대한 징으로 내는 소리를 듣는 방

식이었다. 다양한 금속이 다양한 힘을 만나서 내는 소리가 여러 겹의 레이어로 쌓여 공간을 가득 채웠다. 하나였던 소리가 여러 개로 흩어졌다. 음계로 파악할 수 없는 소리들이 무수히 퍼졌다가 다시 하나로 모이는 양상을 누워서 듣고 있으면 거기가 바로 우주 같았다.

눈을 감고 소리에 집중하면 나중엔 그 모든 소리가 사라지는 경험을 하게 됐다. 파동과 파동이 만나고 헤어지는 흐름을 체험하며 상상하다 보면 언젠가부터 아무 소리도 들리지 않았다. 분명히 들렸지만 소리로 인식하지 않았다는 말이 더 정확할까? 우주처럼 광활한 공간에 나만 누워서 둥둥 떠 있는 것 같은 느낌. 수업이 끝나고 다시 신발을 신을 때는 시간을 가늠할 수 없었다. 다시 리조트로 걸어가는 길, 절벽 아래로 가파르던 계단 저쪽으로 바다가 달빛에 반짝이고 있었다. 이 평화로운 일정을 같이했던 사람은 지금 아내가 되었다. 우리는 매일 밤 일기를 썼고, 그날은 이런 대화를 나눴다.

"평생 이렇게 지낼 수 있다면 어떨 것 같아요? 옷은 가볍게 입고, 신발은 튼튼한 조리 몇 개 정도만 갖고. 끼니도 매번 가볍게 먹고, 수련하고 가르치면서 지

낼 수 있다면.”

　“좋을 것 같아요. 여기라면 좋을 것 같아. 하지만 서울에서도 그렇게 살 수 있을까? 그건 잘 모르겠어요.”

　우리가 만족스러운 하루를 보내는 데 필요한 조건은 별로 없었다. 충분한 잠과 두 시간 정도의 수련. 간간이 책을 읽거나 산책할 수 있다면 그것으로 좋았다. 지속 가능한 행복의 가능성이랄까? 2주 동안 술은 한 모금도 마시지 않았다. 더러는 지루하고 가끔은 도시를 생각했지만 버릴 것과 지킬 것을 내 힘으로 구별할 수 있게 됐다. 요가적 고립이야말로 이번 여행의 선물이었다.

　“이제 좀 사무이 사람 같네?”

　섬에서의 2주가 다 지났을 때, 거의 매일 저녁 식사를 먹었던 식당 주인은 웃으면서 말했다. 우리의 얼굴과 팔을 가리키면서 피부에 태양이 묻어 있다고 말했다. 그 식당에서 식사했던 첫날의 그는 “혹시 오늘 도착했어?” 조심스럽게 물었더랬다. 피부가 너무 하얘서. 섬사람들은 그렇지 않다고 말하면서 자기 팔을 걷어

보여 줬다. 그가 사무이 섬에서 살아온 만큼의 태양이 그 단단한 팔 위에 묻어 있었다.

"우리 이제 떠나요. 내일은 방콕으로. 사흘 후엔 서울로."

"그럼 내가 공항까지 데려다줄게. 그동안 우리 식당에서 너희들 자주 볼 수 있어서 좋았어. 꼭 다시 와. 우리는 여기 있을 테니까."

매일 수많은 여행자를 만나는 사람이 한곳에 머무르는 심정은 어떤 걸까? 그의 일상과 우리의 여행 사이에는 어떤 인연이 있었을까? 코로나 바이러스는 지구의 거의 모든 사람들을 고립시켰다. 우리는 아주 다른 삶에 적응하면서 여행도 잊어야 했다. 요즘도 그 식당을 가끔 생각한다. 햄버거와 태국 음식을 같이 파는데, 둘 다 참 균형이 좋았던 그 소박하고 능숙한 식당. 그곳에서 하루에 한 잔씩 습관처럼 마시던 수박 주스를.

마지막 날에는 우리가 좋아했던 선생님들과 인사를 나눴다. 마이클은 영국에서 변호사로 일하다 사무이 섬에 정착한 사람이었다. 수련 중에, 역시 요가 수련 중이었던 니키를 만나 부부가 되었다. 조지는 호주에

서 일하다 사무이에 정착했다. 조지가 커다란 핸드팬(handpan)을 들고 온 날은 사바사나 때 연주를 들을 수 있다는 뜻이었다. 그 시간이 너무 좋아서, 마지막 수업을 앞두고는 연주를 청하기도 했다.

"수업에 들어올 때마다 두 사람의 에너지가 너무 좋아서 나도 즐거웠어. 너희와 같이 수련할 수 있었던 건 나의 행운이기도 해. 언제든지 비카사로 돌아와서 또 같이 수련하자. 많이들 그렇게 해. 다들 한 번 이상은 다시 돌아와."

조지가 말했다. 요가 말고 다른 어떤 것도 나눈 적 없지만 서로 소통하는 느낌을 가질 수 있다는 점이야말로 요가의 또 다른 아름다움이었다. 다시 만날 수 있으리라는 기약은 없지만, 그 언제가 영원이라 해도, 언젠가의 만남에 대한 순수한 기대를 품을 수 있다는 사실 역시 요가의 기쁨이었다. 이제 세계 어디서나 수련할 수 있을 것 같았다. 한국, 나의 요가원에서 익숙했던 플로우에서 잠시 벗어나는 것도 즐거운 경험이었다.

"빈야사 요가는 자유로워요. 선생님의 의도와 개성에 따라 수업을 구성하고 플로우를 설계할 수 있죠.

그래서 인기도 많고 편하지만 그만큼 어렵기도 해요.”

지도자 과정이 한창이었던 스튜디오에서 우리 선생님이 했던 말이 문득 생각났다. 사실상 전세계에서 수련하는 모든 요가 선생님에게는 각자의 의도가 있는 법이었다. 수련자는 그 모든 요가를 수련하고 경험하는 특권을 가진 사람이었다.

다시 도착한 방콕은 거대했다. 매캐하고 빨랐다. 미세먼지가 내내 기승이었다. 우리는 낯설어서, 막 시골에서 상경한 사람처럼 잠시 공항에 서 있었다. 섬에서의 일상이 어느새 몸에 밴 것 같았다. 우리가 서울에서 왔다는 사실조차 과거가 된 것 같았다. 몇 시간 후에는 요가 샬라에 다시 매트를 깔아야 할 것 같았지만……. 적응은 빨랐고 도시는 매혹적이었다. 호텔에 들어선 순간부터 산뜻해지기 시작했다.

과거는 과거, 현재는 현재였다. 고립은 과거였고 우리는 이미 능숙한 도시인이었다. 샤워를 마치고 뽀송뽀송한 이불 속으로 들어갔더니 잠이 몰려오기 시작했다. 어메니티에서 나는 세련된 냄새. 잘 말린 면에서 나는 ‘바스락’ 소리. 도시의 시스템, 문명의 상쾌였다. 2

주간의 요가 여행이 완전히 끝났다는 걸 청각과 촉각이 알려 주었다.

2주 동안 섬에서 보낸 시간과 방콕에서 보낸 이후 사흘 사이에는 묘하고 격렬한 콘트라스트가 있었다. 섬에서 걷고 먹고 수련하는 삶에는 지향하고 싶은 건강과 만족이 있었다. 응당 누리고 소유했던 것들의 대부분을 내려놓고, 어떤 정수만 취함으로써 얻을 수 있는 충족이었다. 방콕에서 누릴 수 있는 편의와 시스템에는 익숙하고 매끈한 쾌락이 있었다. 방콕에 머무는 사흘 동안 사무이 섬에서 썼던 체류비의 몇 배를 썼다. 도시와 문명, 그 비싸고 분주하지만 매혹적인 삶의 형태.

섬에서의 삶이 불편하지는 않았지만 도시가 싫은 것도 아니었다. 사무이 섬에서도 충만했지만 방콕의 매력을 거부할 이유도 없었다. 그 둘을 분리할 필요가 있을까? 세속이라고 다 나쁜 것도 아니었다. 세상엔 좋은 게 너무 많았고, 나는 그걸 너무 잘 아는 직업인으로 10여 년을 살았다. 서울에는 익숙하고 사랑스러운 가족과 친구들, 일과 목표가 있었다. 가로수길에는 내내 사랑하던 나의 요가원이 변함없이 있었다.

서울은 현실, 요가도 현실이었다. 이곳의 삶과 그곳에서의 휴가도 내 삶이었다. 앉으면 수평선이 보이는 샬라에 깔던 내 매트를 다시 가로수길 요가원에 깔았을 땐 마침내 내가 속한 곳, 고향에 돌아온 것 같았다. 세계 어디서든, 이 위에서 수련할 수 있다면 그걸로 좋지 않느냐고 매트가 나를 가르치는 것 같았다. 휴가는 끝났고 요가는 끝나지 않았다. 모든 곳에서의 우리가 여행자였다.

서울,
나의 요가원

어떤 땐 도망치듯, 어떤 날은 습관처럼, 또 다른 날은 좋은 친구를 만나는 기분으로 엘리베이터 버튼을 눌렀다. 수업에 늦을까 봐 숨이 턱까지 찼어도 건물에 들어가는 순간부터 마음이 가라앉았다. 요가원은 4층과 5층이었다. 건물에 들어서는 순간부터 희미한 향냄새를 느꼈다. 나는 버튼을 누르고 엘리베이터를 기다리면서 아주 깊은 숨을 쉬었다.

처음엔 상상도 못 했다. 요가를 수련하게 될 줄, 하필 여기서 수련하게 될 거라고도 생각한 적 없었다. 나는 충분히 조심스러웠다. 의심도 없지 않았다. 먼저 수련하던 후배와는 이런 대화를 나눴다.

"선배 우리 요가원 한번 와 봐요. '친구 초대 위크'

라는 게 있거든.”

“나도 가도 돼? 어딘데?”

“가로수길.”

“가로수길? 거기 그런 데 아니야? 인스타그램 같은 요가원들 요즘 너무 많잖아.”

“아, 전혀 아니에요. 선생님들이 진짜 최고 좋아요.”

호기심 반 의심 반으로 시작된 수련. 첫날 수련을 마치고 바로 등록했던 3개월 주 3회 회원권이 빈야사 200시간 지도자과정까지 이어졌다. 같은 건물엔 오래된 바와 펍이 있다. 유명한 이자카야가 많은 골목, 주말마다 가볍게 취한 웃음소리로 가득 차는 동네였지만 요가 수련을 시작한 후에는 골목과 동네를 보는 관점이 살짝 바뀌었다.

논현동에서 회사를 다니는 10여 년 동안 가로수길 인근에 있는 거의 모든 가게를 가 봤다. 그중 3년은 가로수길에 살기도 했다. 이면도로에 있는 조용한 원룸이었다. 주말에는 취하는 게 인지상정인 시기였다. 새로운 사람을 만나고, 새로운 사람이 소개해 주는 또 다

른 사람을 만나 하루 정도 시간을 보내는 일이 당시의 특권이었다.

머릿속에는 골목골목의 지도가 아주 개인적인 버전으로 그려져 있었다. 자주 가는 가게와 다신 가지 않을 가게, 언젠가 꼭 가 보고 싶은 가게와 사라지면 섭섭할 것 같은 백반집까지. 가로수길 주도로 옆에는 꼭 들어가서 살고 싶은 집이 있었는데, 부부는 괜찮지만 남자는 받지 않는다는 집주인의 원칙 때문에 좌절했던 기억도 있다.

시간이 흐르면서 서서히 지워진 기억이었다. 이제 나한테 가로수길은 오로지 요가가 되었다. 몇 년 동안의 수련이 그 길에 쌓여 있다. 낯선 이야기, 과장된 호감, 피치가 높은 웃음 같은 걸 그 길에 남겨 놓는 일은 거의 사라졌다. 대신 호흡과 땀, 긴장과 이완, 더 강해지고 싶은 마음과 그 마음을 다독이는 또 다른 마음을 조용히 쌓아 두었다.

"저도 여기 오면 마음이 편해요. 수련을 해도, 강습을 할 때도 마음이 좀 다르죠. 우리가 지금까지 같이 수련했던 에너지가 그대로 쌓여 있는 공간이니까. 아무

래도 좀 달라요."

언젠가의 수련에서 선생님이 말했다. 다른 도시에서 워크샵을 마치고 돌아온 후의 감상이었다. 아주 낯선 곳에서의 하룻밤이 집의 소중함을 가르쳐 주는 것처럼, 다른 곳에서의 경험이 늘 수련하는 스튜디오가 갖고 있는 에너지를 일깨워 줬다는 뜻이었다.

요가를 모르는 사람이 들으면 '공간의 에너지' 같은 단어, 그게 쌓여서 느껴지는 독특한 감상 같은 것들이 낯설게 느껴질 수 있다고 생각한다. 하지만 많은 사람들이 한곳에서 하나의 마음으로 오랫동안 움직이다 보면, 땀과 의지와 호흡이 지속적으로 쌓이면 공간에도 에너지가 생기게 마련이다. 중학생이었을 때 수련했던 검도관에서도 비슷한 에너지를 느낄 수 있었다. 요가원과는 아주 다른 에너지. 하지만 다르지 않게 청결했던 수련의 힘.

남자 탈의실이 있는 5층에 올라가면 수련 스케줄에 따라 그 넓은 스튜디오가 텅 비어 있는 장면을 볼 때가 있다. 옷을 갈아입고 매트를 챙기러 들어가면 습관적으로 그 공간을 둘러보게 된다. 어제는 커튼이 활짝

젖혀져 있었다. 창문도 살짝 열려 있었다. 그 넓은 공간으로 빛이 쏟아져 들어왔다. 여름 해는 8시경에야 지기 시작했다. 창문에서는 희미하게 바람이 들어오고 있었다. 마룻바닥은 깨끗하게 닦여 있었다. 7월 중순, 무척 더웠던 날 오후 6시 40분경이었다.

처음 수련을 시작했을 때는 4층 스튜디오뿐이었다. 5층은 공사 중이었다. 그 후로 약 6년 정도의 에너지가 쌓인 공간이니까, 가만히 보고 있으면 그 안에서 누가 움직이고 있는 것 같기도 했다. 저 앞에는 원장 선생님들이 앉아 있는 것 같았다. 휴대전화에 메모해 놓은 글을 읽어 주기도 하고, 오랫동안 써 온 게 분명한 노트에서 어떤 글귀를 고르고 있는 모습도 선했다.

선생님 매트 앞으로는 학생들이 자유롭게 매트를 깔 수 있는데, 수업에 따라서 매트를 까는 모양은 매번 달랐다. 여유가 있을 때는 서로서로 한적하게, 어떤 날은 매트와 매트 사이에 손바닥 하나 내려놓지 못할 만큼 빡빡하기도 했다. 그런 날은 선생님이 나서서 행과 열을 정리해 주었다. 한 사람이 매트를 깔 수 있는 자리를 만들어 내기 위해 스튜디오에 있는 거의 모든 사람

이 조금씩 매트를 움직이는 뿌듯한 날도 있었다. '죄송합니다'와 '감사합니다'가 아주 작은 톤으로 오고 가는 짧은 순간. 다시 매트 위에 앉아서 눈을 감고 시작하는 그날의 수련.

어떤 날은 이렇게 비어 있는 공간을 가만히 보고 있는 것만으로도 명상에 빠지는 것 같았다. 저 앞에 앉아 있는 선생님, 제각각 수련하고 있는 다른 사람들의 움직임을 상상하는 장면 안에서 내 두툼한 몸을 발견하기도 하는 것이다.

저 자리에 매트를 깔고 머리서기를 연습하던 날은 참 많이도 떨어졌었다. 올라갈 힘은 생겼지만 유지할 힘은 없던 때였다. 그럴 땐 등으로 떨어졌는데, 소리가 꽤 크게 나는 날도 있었다. '철푸덕'과 '쿵' 사이에서 묘하게 찰진 소리. 아프기보단 민망함이 커서 얼른 일어나 다시 연습을 시작했었다.

수련이 쌓이면서 허리도 유연해졌다. 자주 넘어지다 보면 요령도 생겼다. 나중에는 등으로 떨어지지 않았다. '철푸덕' 하기 전에 허리가 뒤로 휘면서 발바닥이 먼저 닿았다. 그럴 땐 그저 사뿐했다. 떨어져도 아프거

나 민망하지 않으니까 연습에 자신이 생겼다. 아주 신나게 올라가다가 신나게 떨어지기를 수백 번은 반복했을 것이다.

반복을 통해 힘이 생겼다. 지금은 5분, 길면 10분을 꼿꼿하게 머무르기도 한다. 쉽지 않지만, 팔이 부들부들 떨리고 인상을 찌푸리고 피가 몰리는 와중에도 버틸 수는 있게 되었다. 다시 발을 내릴 때도 천천히 내리려고 한다. 코어에 있는 힘과 없는 힘을 가늠하면서. 내일은 오늘보다 조금 더 강해지고 싶어서.

나만 강해지는 게 아니었다. 지난 몇 년의 시간은 모두에게 공평하게 흘렀다. 몸이 상하는 걸 모를 정도로 열심이었던 회사 생활, 이직과 퇴사, 창업과 재창업을 경험하고 감당하는 동안 우리 선생님들의 삶과 요가도 점점 깊어지는 것 같았다.

몇 년 전의 인스타그램에 첫 연습 과정을 올려 주었던 원장 선생님의 핸드 스탠드는 이제 땅처럼 굳건하다. 매일 몇 시간의 수업을 책임지면서도 아침 수련을 거르지 않는 또 다른 원장 선생님의 몸에선 이제 더 깊은 에너지와 기품을 느낄 수 있다. 요가를 인생의 핵

심에 두고 사는 사람들의 몸과 마음이란 저렇게 멋진 걸까? 시간은 모든 것을 늙게 하지만 늙으면서 더 아름다워지는 사람도 있다는 사실 하나를 이제는 보석처럼 간직하게 됐다. 우리 선생님들을 몇 년 동안 보고 배우고 수련했더니 시간의 흐름과 노화에 대한 공포도 조금은 사라졌다.

매일매일 멋지게 변해 가는 선생님들의 얼굴과 몸, 점점 깊어지는 마음과 표정이 그냥 만들어진 것은 아니었다. 그런 사람은 진심으로, 꾸준히, 매일을 정진한다는 사실도 잘 알게 됐다. 그러니 '시간의 선물'이라는 말에는 참 많은 것들이 생략돼 있는 셈이었다. 시간은 아무것도 거저 주지 않으니까. 시간을 아름답게 만드는 건 오로지 개인의 의지와 힘이기 때문이다.

사랑하는 요가원에는 사랑하는 선생님들이 있다. 해가 지면 조금씩 시끄러워지는 동네에서, 참 우아하고 꼿꼿하게 오랫동안 버텨 온 공간이 있다. 그 안에서 우리는 꾸준히 강해졌다. 수련하면 그렇게 될 수 있다는 걸 충분히 아니까 아무도 쉽게 멈추지 않았다. 선생님들의 존재 자체가 그토록 확실한 증명이었다.

요가를 시작할 때 30대 중반이었던 나는 이제 40대 초반이 되었다. 나는 나의 시간을, 선생님들은 선생님들의 시간을, 요가원은 요가원의 시간을 치열하게 살아 냈다. 도무지 매일매일 품위를 지킬 수는 없는 세상에서, 우리가 각자 보낸 시간에는 에누리가 없었을 것이다.

수리야나마스카라 A, 태양경배 자세

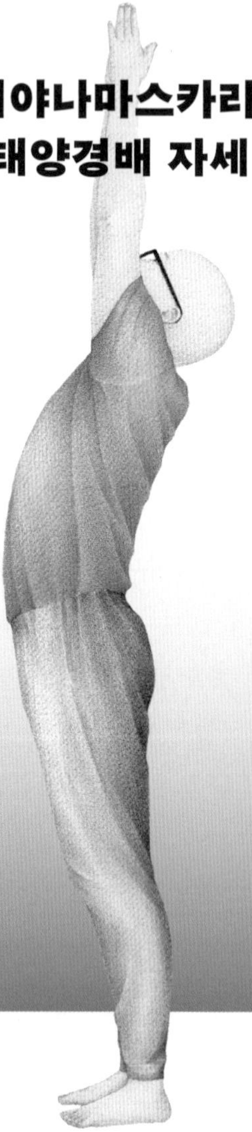

커피 한 잔으로 컨디션 반전에 성공할 때가 있다. 어쩐지 잠이 안 깨는 것 같은 아침의 따뜻하고 독한 한 잔. 유난히 집중이 안 될 때 천천히 걸어 나가서 마시는 아이스 아메리카노.

잠은 첫 모금에 날아간다. 마침내 하루를 시작할 수 있는 상태가 된다. 시원하게 갈증이 가시면서 뇌에 생기가 돌기 시작한다. 산책은 양념 같다. 막혔던 아이디어가 하나둘 떠오르기 시작한다.

수리야나마스카라 A는 그런 자세다. 자세라기보다는 '흐름'이라고 하는 편이 맞을 것이다. 수리야나마스카라 A는 일곱 개의 아사나를 마시고 내쉬는 호흡에 따라 배열해 한 세트로 구성한 것이다. 하나의 세트가 이어지는 동안 아사나는 두 번씩 반복하게 된다. 허리를 굽혔다 펴고, 몸을 접었다 편다. 팔에 힘을 잔뜩 줬다 풀기도 하고, 하늘을 보다가 땅을 보기도 한다.

그러는 동안 몸은 천천히 뜨거워진다. 벌써부터 가슴과 등에 땀이 맺히기도 한다. 얼굴은 붉게 상기되고 몸의 부분부분에 있는 근육에도 힘이 들어가기 시작한다. 피돌기가 시작된 것이다. 앞으로의 모든 흐름을 받

아들이고 감당할 준비가 됐다는 뜻이다.

빈야사 수련에서는 본격적인 플로우에 돌입하기 전, 수리야나마스카라 A를 5회 정도 반복하면서 컨디션을 끌어 올리곤 한다. 고대 인도에서는 모든 생명의 근원인 태양을 경배하는 마음으로 이 자세를 취했다고 알려져 있다. '수리야(Surya)'가 태양, '나마스카라(Namaskara)'가 인사라는 뜻이다. 말 그대로 태양을 향한 인사라는 뜻. 하타 요가에서는 해가 뜨기 전이나 동이 틀 무렵 동쪽을 향해 태양경배 자세를 취하는 것으로 수련을 시작하도록 권한다.

처음 이 흐름을 접할 땐 좀 막연할 수 있다. 다들 알고 있는 춤을 나 혼자 못 추는 것 같은 소외감을 느낄 수도 있다. 드레스 코드가 엄격한 파티에 참석했는데 나만 다른 옷을 입었을 때의 기분 같기도 하다. 하지만 몇 번만 반복하면 의도하지 않아도 자동 재생되는 자세. 그만큼 자연스럽고, 몸과 마음의 이치에도 부드럽게 닿아 있는 아사나의 흐름이다. 그럼 어떤 흐름에서 어떤 움직임들을 취하게 되는지 한번 볼까?

① 타다사나, 바르게 선 자세에서 시작한다.

② 마시는 숨에 두 손을 머리 위에서 합장한다. 시선은 손 끝, 하늘을 본다. 우르드바 하스타사나.

③ 숨을 내쉬면서 배를 쏙 집어넣고 상체를 접어 정수리가 바닥을 향하도록 한다. 손가락 끝이나 손바닥으로 땅을 짚는다. 우타나사나.

④ 마시는 숨에 손 끝을 바닥에 댈 수 있을 정도로만 상체를 들어 올리면서 허리를 편다. 이때 시선은 저 앞 먼 곳에 수평선이 있다고 상상한다. 하프 우타나사나.

⑤ 내쉬는 숨에 두 발을 뒤로 이동하며 플랭크를 거쳐 팔을 90도 각도로 굽혀 상체를 바닥으로 내린다. 이때 팔꿈치는 양 옆구리 옆에 붙여 준다. 챠투랑가 단다아사나.

⑥ 마시는 숨. 그대로 팔을 펴면서 치골을 바닥에 붙이고 시선을 하늘에 둔다. 정수리부터 발뒤꿈치까지 완만한 스키 점프대 같은 형태가 된다. 부장가사나.

⑦ 내쉬는 숨에 골반을 하늘 쪽으로 끌어 올려

견상 자세를 취한다. 천천히 다섯 번의 호흡을 하면서 옷매무새를 가다듬 듯 자세를 정비한다.

⑧ 두 발을 한 발 한 발 손 사이로 가져온다. 마시는 숨에 고개를 들고 허리를 살짝 일으켜 펴면서 하프 우타나사나.

⑨ 내쉬는 숨에 상체를 접어 우타나사나.

⑩ 다시 마시는 숨에 두 손을 머리 위로 합장하면서 우르드바 하스타사나.

⑪ 내쉬는 숨에 두 손을 가슴 앞에 합장하거나 바르게 선다. 타다사나.

한 시간 동안 수련한다면 적어도 이 흐름을 10회 이상은 반복하게 된다. 수리야나마스카라 A, 태양경배 A라고도 하지만 플로우 안에서는 빈야사라는 단어에 다 같이 움직일 때가 있다. 선생님께서 "이제 자신의 빈야사 흐름 이어 갑니다."라고 하시면, 그때의 아사나에 따라 수리야나마스카라의 중간쯤에서 다시 견상 자세까지 스스로 움직이며 머무른다. 이때의 견상 자세는 일종의 간이역, 휴게소와 같다. 나보다 호흡이 느린 사

람을 위해 기다려 주는 시간, 내 호흡을 가다듬으면서 체력을 회복하는 시간. 뚝, 떨어지는 땀을 보면서 '아, 오늘도 열심히 수련하고 있어!' 스스로 기특해하는 시간이기도 하다.

아무리 힘들었던 날도, 오늘은 도무지 수련할 에너지가 남아 있지 않다고 비참해하던 날도 태양경배 A를 다섯 번만 반복하면 완벽하게 충전된다. 매트를 깔고 첫 번째 태양경배를 완수하기까지의 몸이 가장 무겁다. 이후에는 마법 같은 시간이 펼쳐진다. 첫 흐름보다 두 번째 흐름이 부드럽고 두 번째 흐름보다 세 번째 흐름이 강인하다. 그렇게 다섯 번을 반복하고 나면 하루를 새로 시작할 수 있을 것 같은 심정으로 수련할 수 있게 된다.

혼자서 수련할 때는 태양경배만 열 번 이상 하기도 한다. 아사나와 아사나를 엮어 움직일 기분은 아니지만 수련은 하고 싶을 때. 시르샤사나나 핀차마유라사나, 핸드 스탠드를 연습하고 싶은데 빠르게 몸을 풀어야 할 때는 정말 태양경배만 한 자세가 없다. 역자세는 몸의 어떤 부분에 큰 부담이 느껴지게 마련인데, 태양

경배를 제대로 하고 나면 몸과 마음이 두루 정돈된다.

어쩐지 잠이 오지 않을 때, 야근을 너무 오래 하면서 과하게 집중하는 시간이 새벽 2시, 3시를 넘어갈 때도 매트를 깔고 태양경배 자세를 시도하곤 한다. 그럴 땐 평소보다 더 느리게, 천천히, 아사나 하나하나에 공을 들이면서 몸과 화해하는 시간을 갖는다.

고개가 바닥을 향하거나 몸이 아래로 내려갈 때 숨을 내쉬고 시선을 위쪽으로 향하거나 몸을 들어올릴 때 숨을 마신다. 이건 모든 태양경배 자세의 기본이지만 유난히 고단한 새벽에는 평소보다 느린 숨에 몸을 맞춘다. 그래야 긴장이 풀린다. 하루 종일 책상에 앉아 있어서 발 쪽에 집중돼 있던 피돌기가 비로소 머리까지 길을 낸다. 간단하게 몸을 씻고 침대에 누우면 그대로 사바사나에 빠진 것 같은 느낌으로 깊은 잠에 빠지게 된다.

요가원을 처음 찾았던 날, 수리야나마스카라 A는 무슨 주문이나 제의 같았다. 하나하나의 개별 아사나는 눈치를 보면서 따라 할 수 있었다. 선생님은 내가 헤맬 때마다 곁에서 소근소근 지도해 주었다. 살짝살짝

자세를 바로잡아 주기도 했다. 그렇게 두 번의 흐름을 어찌어찌 마쳤을 때 선생님이 말했다.

"자, 이제 나머지 세 번의 수리야나마스카라는 자신의 호흡으로 이어 갑니다. 우리는 견상 자세에서 다시 만납니다."

이때의 혼란이 아직도 생생하다. 실은 내가 움직였던 그 흐름이 수리야나마스카라 A라는 이름으로 정해져 있다는 의식조차 없었을 때였다. 그러니 자신만의 호흡으로 이어 가라는 말을 들었을 땐 영문을 모르는 나무처럼 스튜디오에 덩그러니 서 있었다. 나를 제외한 모든 수련생이 자신의 호흡에 맞춰 몸을 움직이기 시작했다. 나는 몇 번의 호흡을 놓친 후, 내 옆에 있는 다른 수련생의 호흡에 맞춰 나만의 태양경배를 시작했다.

모두가 하나의 춤을 추는 것처럼 아름답게 움직일 때, 선생님이 리드하는 산스크리트어는 밀교의 주문처럼 들렸다. 나는 영문을 모르고 혼자서 허둥지둥했다. 제대로 할 수 있는 자세가 하나도 없었다. 겉모양을 흉내 내는 것뿐이었다. 마시는 숨과 내쉬는 숨이 헷갈렸다. 손끝과 발끝이 잘못된 방향을 가리키는 일도 비일

비재했다. 걸음마를 새로 배우는 기분. 처음으로 두발 자전거에 올라 탔을 때의 불안도 생각났다.

하지만 다 괜찮았다. 처음부터 잘할 수 있는 자세는 단 한 개도 없었고 오래 한다고 완벽해지는 것도 아니었다. 요가는 저마다의 지향성을 갖고, 그저 믿으면서 부단히 걷는 길이었다. 그런 점에서는 모두가 같은 위치에 서 있는 셈이었다.

수리야나마스카라를 반복하는 자세에서도 그런 마음을 배울 때가 있다. 두 손을 하늘로 뻗어 합장할 땐 태양과 하늘을 올려다본다. 눈에 들어오는 장면이 우리 요가원 천장이라도 그 위에 하늘이 있다는 걸 안다. 장벽을 만났을 땐 무한을 상상할 수 있다. 시선을 아래로 향하거나 몸을 앞으로 숙이는 자세를 할 땐 나 자신을 본다.

내 몸이 허락하는 만큼 힘껏 뻗으면서 따뜻함, 아름다움, 생명에 대해 생각한다. 태양에 인사하고 나선 내 안으로 최대한 힘을 모으고 성찰하면서 다시 현실로 돌아온다. 두 발로 땅을 딛고 서 있다는 사실에 대한 경이, 두 팔로 땅을 딛고 내 몸을 일으켜 세우면서 느끼

는 힘의 근원에 대해 생각하기도 한다.

비슷한 세계에서, 참 좋은 사람들이 같이 노력하고 있다는 사실을 인식할 때마다 배 속 저 깊은 곳에서 누가 호롱불을 켠 것 같은 기분이 된다. 희미하지만 어둡지 않고 여전히 무섭지만 매트 위에서 움직일 수는 있다. 하늘이 유난히 어두운 날이나 가끔 폭우가 쏟아지는 날도 저 위에는 하늘이 있다는 것을 진심으로 알고 있다. 하늘과 땅 사이, 내 몸이 겸손을 배운다.

4

아주 개인적인
평화의 시작

지금 나 울어?
왜 울어?

몸이 땀으로 흠뻑 젖어 있었다. 유난히 힘들게 수련한 날이었다. 팔과 허벅지의 근육을 고루 쓰고, 버티고, 절대 안 되는 아사나를 몇 번이나 거듭 시도하다 끝내 다음을 기약했던 날. 회색이었던 요가복 상의는 땀으로 검은색이 되었다. 요가 매트 위에는 떨어진 땀 자국이 방울방울 젖어 있었다. 여러모로 참 좋게 수련한 날이었는데 수련의 마지막 단계, 쿨다운의 어떤 자세에서 심상치 않은 일이 벌어지려는 참이었다.

숩따 받다코나사나, 누운나비 자세에서였다. 내가 참 좋아하는 자세. 누운나비 자세에서는 골반을 열고 내전근을 이완할 수 있다. 아래 허리를 달랠 수도 있었다. 이런저런 놀라운 효과가 있는 아사나지만, 내가 생

각하는 핵심은 '누운'에 있었다. 모든 플로우를 다 마치고 마침내 누워서 하는 자세라는 뜻이다. 비로소 휴식이다. 달콤하고 느긋한 마음으로 호흡할 수 있다. 하지만 이날은 몸이 좀 비현실적으로 반응하기 시작했다.

'열린다'는 감각이 이런 거였나? 뼈가 열리고 근육이 열리는 감각이 아니었다. 열린 골반 위로 뭐가 쏟아져 내리는 것 같기도 하고, 거기 쌓여 있던 뭔가가 맹렬히 기화하는 느낌 같기도 했다. 폭포수가 거꾸로 솟구치는 것 같았다. 가열찬 열기가 하늘로 솟아오르는데 그게 뜨겁지는 않았다. 시원했다. 있던 응어리가 다 녹아 사라지는 것 같았다.

순간, 완전히 이완된 무방비 상태에서 감정이 치고 올라왔다. 금세 눈물이 차오르기 시작했다. 참고 어쩌고 할 겨를도 없었다. 《에스콰이어》에서의 마지막 마감을 하루 앞둔 날이었다. 스트레스와 부담이 머리 꼭대기까지 찬 날. 몸도 마음도 한계인 것 같아서 딱 한 시간의 충전을 위해 선택한 수련이었다. 마지막이라는 생각 때문에 감상적이었을까? 몸이 열리니 감정도 녹은 걸까? 선생님의 한마디가 결정적이었던 것 같기도

했다.

"요가를 수련한다는 건, 때로는 아무것도 안 해도 된다는 걸 배우는 시간이기도 해요."

시원하고 깨끗한 바람이 관자놀이를 관통하는 것 같았다. 새로운 콘셉트였다. 지금까지 '아무것도 안 해도 된다'는 말을 들어 본 적이 없었다. 하고 싶은 건 늘 많았다. 목표는 늘 150퍼센트로 잡았다. 그러니 늘 쫓겼다. 최선을 다해도 완수할 수 없었다. 내가 세운 규칙으로 스스로를 옭아매면서 어떻게든 해내고 나면 혼자 뿌듯해했다. 그렇게 두 눈을 감고 유지하던 누운나비 자세에서 눈물이 막 차오르려는데, 머릿속 영상이 순식간에 여덟 살쯤의 일요일 오후로 돌아갔다.

꼬마 애가 거실 소파에서 책을 읽고 있었다. 누웠다 앉았다 하면서 시간을 보내고 있었다. 아버지는 일요일에도 참 바빴던 사립 초등학교 선생님이었다. 그날도 아침 일찍 출근하셨다. 나는 「전국노래자랑」이 시작할 즈음 거실에 나와서 라디오를 듣고 있었다. 마침 영화 「바그다드 카페」의 OST, 「콜링 유(Calling You)」가 흘러나왔다. 일요일 오후에 들으면서 잠들기

에 참 좋았던 곡. 지금도 그 노래를 들으면 황량하게 잠이 온다.

그러다 아버지가 퇴근하는 소리에 잠에서 깼다. 오후 3시경이었다.

"아빠! 오셨어요?"

나는 부스스 일어나서 말했다. 당시의 아빠는 다정하지만 무서운 사람, 늘 많은 일을 부지런히 해내는 사람이었다. 퇴근 후에도 식탁에 서류를 산처럼 쌓아 두고 문제집을 집필하거나, 거실에 있는 오디오에서 학생들에게 들려줄「명상의 시간」같은 걸 녹음하곤 했다. 쉬는 방법을 몰랐던 사람, 스스로 한계까지 몰아붙이는 게 습관이 된 것 같은 사람. 나는 그런 아빠를 좋아했다. 아빠도 막내아들인 나를 각별히 아꼈다. 그때나 지금이나 우리는 좋은 친구에 가까운 사이. 하지만 그날의 대사는 아직도 못 잊는다.

"자는 건 죽어 있는 것과 같은 거야."

단호하고 무서운 얼굴. 나는 느슨한 잠옷 바지에 흰색 러닝셔츠를 입고 있었다. 아주 달콤한 낮잠을 즐긴 후였다. 하지만 아빠의 그 말씀 이후로 약 30년 정도

의 시간 동안 편안하게 낮잠을 잔 적이 없었다. 어쩐지 죄를 짓는 것 같은 기분 때문이었다.

고등학교 때, 시험 기간에는 한두 시간 정도의 낮잠이 필요했다. 그야말로 보충 개념의 잠이었는데도 마음이 편치 않았다. 자는 건 죽어 있는 것과 같고, 죽어 있는 동안에는 아무것도 할 수 없으니까. 책도 못 읽고 음악도 못 듣고, 산책도 운동도 할 수 없으니까. 뭔가 하지 않으면 내 시간은 의미가 없는 거니까.

잠에 대한 죄책감, 시간에 대한 강박, 일상 같은 조바심, 늘 뭔가 해야 한다는 생각의 근원이 혹시 그날 오후였을까? 지금까지는 내가 부지런해서 그런 줄 알았다. 근검하고 부지런한 부모님 밑에서 자랐고, 그런 식으로 많은 걸 성취해 왔으니까.

누운나비 자세로 누워 있을 때 만난 어린 시절의 내 머리는 고슬고슬한 반곱슬이었다. 아직 안경을 쓰기 전. 키가 작은데다 하얗고 여려서 큰누나, 작은누나의 사랑과 보살핌을 듬뿍 받은 아이. 그 아이가 갈색 소파 위에서 잠들어 있는 선명한 화면이 감은 눈 속에서 영화처럼 펼쳐졌다. 아버지의 그 말을 들었을 때의 기

분도 생생하게 다시 살아났다.

사실 잘못한 건 없었다. 아빠도 나를 꾸짖으신 게 아니었다. 다만 갑자기 '죽음'이라는 화두를 받아 들고 다소 당황했던 것 같다. 조금은 의기소침하기도 했다. 잘못을 했다면 주눅이 들었거나 혼날까 봐 두려웠을 텐데, 그런 감정은 남아 있지 않다. 낮잠이 죄는 아니니까. 하지만 '내가 방금 죽어 있었나?' 하는 생각 때문에 혼란스러웠다. 그게 죄책감으로 이어졌다. 여전히 눈을 감은 채, 기억이 나를 데려가는 곳으로 아무렇게나 맡겨 두었다. 이번엔 대학교 1학년경이었다. 학교에서 집으로 돌아가는 버스 안.

그날도 바쁜 날이었다. 오전에는 데이트를 하고 오후에는 수업을 들었다. 돌아오는 길에 영풍문고에 들러서 좋은 책을 샀다. 친구도 만나고 공부도 했다. 영어 학원도 다녀오는 길이었다. 너무 많은 일을 하루에 한 날이라 적잖이 피곤했는데, 나는 '오늘 하루를 사흘처럼 썼어' 속으로 생각하면서 뿌듯해하고 있었다.

입사 후에도 마찬가지였다. 《경향신문》 사회부 수습기자를 하면서 새벽까지 경찰서를 돌 때도. 대리운

전기사로 위장취업해서 르포르타주를 썼을 때도. 새벽 인력시장에 나가(또 위장취업을 해서) 두 번째 르포르타주를 쓸 때도 그랬다. 힘들었는데 힘든 줄 몰랐다. 잠은 안 자고 버틸 수 있다면 좋은 거였다. 열심히 하는 것만이 나의 미덕이라고 생각했다. 그에 비하면 잡지사 마감은 아주 가벼웠다. 야근은 즐기면서 했다. 그 생활이 지금까지 이어진 것이었다. 남들이 보면 어떻게 그렇게 사느냐 싶은 일상을 아무렇지도 않게.

매일이 그랬다. 전날 새벽에 퇴근했다가 오전에 출근해 종일 일했다. 저녁에 수련하고 사무실에 돌아와 다시 새벽까지 말했다. 매일이 현재완료형과 진행형이었다. 무리해 왔고, 무리하고 있다. 그때의 나와 지금의 나는 얼마나 달라졌을까. '아무것도 하지 않아도 된다는 걸 배우는 아사나'와 '자는 것은 죽어 있는 것과 같다'는 말 사이의 괴리. 지금의 아빠와 그때의 아빠 사이의 괴리. 나의 미래형은 좀 달라질 수 있을까.

지금의 아빠는 그때와 아주 다른 사람이 되었다. 교장 선생님으로 정년 퇴임하신 후에는 사실 걱정이 많았다. 그렇게 일을 많이 하시던 분이 갑자기 일을 그

만뒀을 때의 공허를 어떻게 메우실까 싶어서. 그래서 퇴임 이튿날 전화를 드렸을 때, 나는 물었다.

"아빠 괜찮아요? 허탈하고 그렇지 않아?"

"우성아, 몇십 년 만에 아침이 아주 프레시하다! 하하하하!"

나는 아빠의 그런 웃음소리를 처음 들었고, '아침이 프레시하다'는 식의 프레시한 대사도 생전 처음 들었다. 퇴임 이후의 아빠는 어느새 색소폰 연주가가 되었다. 친구들을 더 자주 만나고 등산과 여행도 전보다 훨씬 많이 다니는 어른이 되었다. 그즈음, 아빠한테 고백하듯 말했다.

"지금까지의 모든 아빠 중에서 요즘의 아빠가 제일 좋아요. 굉장히 괜찮아, 요즘의 아빠는."

"그래? 나도 그렇다. 요즘 아주 좋아. 우성아, 너무 애쓸 필요 없다. 살아 보니 그렇더라."

"그런데 아빠, 전에 나한테 그렇게 말씀하셨던 거 기억해요? 일요일 오후에 퇴근하시면서. 나 낮잠 자고 일어났을 때."

"뭐라고 했는데?"

"나 부스스하게 일어났는데, 초등학교 2학년 때였을 거예요. 낮잠 자고 일어났는데 그랬어. '자는 건 죽은 것과 같다'고. 그때 아빠 얼굴 되게 무서웠는데."

아빠는 순간 좀 멍한 얼굴이 되었다.

"그랬어? 내가 잘못했네, 그땐 그렇게 살던 때였나 봐……. 쉴 틈도 없고 잘 시간도 없었으니까."

"응, 그래서 제가 그때 이후로 낮잠을 잘 못 자요."

"아이고 우성아, 너 그러지 마라. 잠을 많이 자고, 무리하지 말아라. 절대로 나처럼 살지 말아라. 여자 친구랑 여행도 많이 가고 맛있는 것도 많이 사 주고 그래라. 애써 돈 모을 필요 없다. 그럴 수 있을 때 그래야 한다. 용돈 좀 보내 줄까? 너 돈 있어?"

"돈은 있지만 용돈은 늘 좋은데! 그나저나 아빠 진짜 많이 변했네?"

아빠와 나는 이런 대화를 나누면서 둘이 같이 웃었다. 오늘은 갑자기 떠오른 몇몇 장면들 때문에 다시 주체할 수 없는 감정이 되었다. 누운 채, 울면서, '아무것도 하지 않을 수 있는 자유와 용기'에 대해 생각했다.

시간에 대한 강박은 사실 죽음에 닿아 있는 거였

다. 아무것도 할 수 없는 상태로부터 멀어지려고 더 많은 일에 매달리는 것이었다. 스스로 바쁘게 지내는 건 사실 죽음으로부터 도피였다. 조바심의 진짜 얼굴은 사실 두려움이었다. 나는 이제 쉬어야 할 때 쉴 수 있을까? 아무것도 하지 않는 방법을 배울 수 있을까? 그것도 수련의 일부일까?

요즘도 여덟 살의 나에 대해 문득 생각하곤 한다. 내 안에, 어떤 방에, 아직 그 아이가 노곤한 일요일 오후를 보내고 있다는 걸 안다. 아직도 '자는 것은 죽어 있는 것과 같다'고 굳게 믿고 있는 아이. 잠에 대한 죄책감이 아니라 죽음에 대한 두려움으로 당황하고 있는 여덟 살 남자 아이. 나는 그때 그 오후의 아이로부터 얼마나 멀어졌을까? 이렇게 수천 번의 사바사나를 경험하고 나면 나는 강박 없이, 조금 더 자유로운 사람이 될 수 있을까.

"선생님, 저 아까 되게 눈물 났어요. 왜 그랬는지 모르겠어요."

"응, 그런 것 같았어요. 골반을 풀어 주면 그럴 때가 있어. 2번 차크라가 좀 그래요."

한 시간 반의 수련. 사바사나는 5분 정도였다. 감정과 몸이 이렇게도 연결돼 있다는 걸 체험한 오후. 느닷없이 울었더니 마음이 텅 빈 것 같았다. 이제 마지막 마감이었다.

나 이제
고기 못 먹어?

음식에 대해선 까탈스러운 적이 없었다. 맛있는 음식을 먹을 땐 확실히 맛있는 줄 알았다. 어디가 어떻게 달라서 이런 맛이 느껴지는지, 음식을 만든 사람이 얼마나 섬세하게 마음을 썼는지도 짐작할 수 있었다. 그건 좋은 시나 소설을 읽는 일, 가만히 나무를 보는 순간과도 닮아 있었다. 좋은 것이 얼마나 좋은지 설명하는 일은 늘 즐거움이었다.

하지만 맛이 없을 땐 그러려니 하고 먹었다. 못 삶은 보쌈에서 돼지 냄새가 나면 '아, 이게 돼지 냄새구나' 했다. 분유를 풀어 놓은 것 같은 설렁탕을 한술 뜰 때도 '여긴 좀 무성의한 식당이구나' 생각하면서 든든하게 한 끼를 마무리했다. 무던하달까 무심하달까, 어

쨌든 음식에 대해선 그런 태도를 유지하고 있었다.

고기랑 회 중에 고르라면 늘 회를 고르는 사람이지만 정육식당 같은 데서 무심한 듯 도톰하게 썰어서 은색 '스댕' 접시에 내는 고기의 즐거움은 못내 사랑했다. 마장동 축산물 시장에서 흰 접시 위에 턱턱 얹어 나오는 소고기의 소담한 태도, 온통 시끌시끌한 가운데 한 점 한 점 내 속도대로 숯불 위에 올려 굽는 여유도 즐길 만한 것이었다. 이 모든 맛과 분위기에 살얼음이 살짝 덮여 있는 소주까지 한 잔 기울일 수 있다면……. 가리는 건 별로 없지만 먹는 즐거움은 섬세하게 아는 사람. 그게 바로 지난 30여 년의 나였다. 요가 철학을 배우기 전까지는.

"아힘사(Ahimsa)는 단순한 철학이 아니에요. 비폭력 하면 누가 생각나세요? 간디? 그렇죠. 요가에서 말하는 철학으로서의 아힘사는 조금 더 넓은 개념이에요. 비폭력을 지구 전체로 확장시켜 보세요. 우리가 먹는 음식으로도 넓혀 보세요."

내가 폭력적인 상황에 놓여 있을 때, 그곳으로부터 스스로를 구출할 수 있는 힘과 용기를 췄던 단어도 아

힘사였다. 선생님의 말은 이어졌다.

"우리가 먹는 고기는 사실 동물이었죠. 그 동물들이 음식이 되기 위해 처해 있는 상황을 혹시 본 적 있어요? 걔네들은 오로지 고기가 되기 위해서 살아요. 그걸 산다고 할 수 있을지. 그런 말을 도저히 할 수 없는 환경에서."

소, 돼지, 닭이 소고기, 돼지고기, 닭고기가 되기 위해서 사육되는 환경은 그야말로 비참하다. 어떤 닭들은 오로지 달걀을 위한 기계처럼 살아 있다. A4 용지 한 장의 너비 위에서 알만 낳는다. 돼지의 공장식 축산도 오랫동안 문제가 됐다. 몸을 돌릴 수도 없는 크기의 케이지 안에서 수태와 출산을 반복하다 기능을 상실하면 도축된다.

태어난 새끼 돼지들은 꼬리를 자른다. 송곳니는 뽑는다. 수돼지들은 거세한다. 자를 땐 작은 칼을 쓴다. 돼지를 손에 들거나 다리 사이에 끼고 사과 꼭지를 따듯 벤다. 송곳니를 뽑을 때도 마찬가지다. 마취는 하지 않는다. 돼지들은 어리고 고통스러운 소리를 낸다.

돼지는 세 살 인간 정도의 지능을 갖고 있다고 알

려져 있다. 호기심이 많고 깔끔한 성격이라고도 한다. 그런 동물인 채 태어나 즐거움과 기쁨, 호기심을 느낄 겨를도 없이 고문과 다를 바 없는 환경에서 음식이 될 준비를 한다. 새끼 돼지들은 급격히 살찌워진 후 약 4개월이 지나면 베이컨이나 소시지가 된다.

식당에서 고기의 즐거움을 만끽할 땐 몰랐거나 외면했던 광경들. 우리가 먹는 건 고기일까? 도구일까? 혹시 폭력 그 자체는 아닐까? 그렇다면 나 스스로를 폭력의 자장에서 구출했던 것처럼, 어떤 폭력은 내 의지로 거부할 수 있지 않을까? 폭력은 막연한 개념이 아니다. 무참한 방식으로 해하고 사라지지 않는 에너지다.

교재 옆엔 아침에 내려 텀블러에 담아 온 커피가 담겨 있었다. 그걸 열었더니 향긋한 냄새가 코 밑까지 올라왔다. 한 모금 마셨더니 매스꺼웠던 속이 조금 가라앉는 것 같았다. 그날, 졸음과 피로 때문에 마냥 노곤할 줄만 알았던 철학 수업은 일상의 개념을 이런 식으로 바꿔 놓았다. 인지했으니 피할 도리가 없었다.

찾아보면 알 수 있는 정보였다. 구제역과 조류독감 같은 단어들이 우리한테 익숙해지는 동안 쉴 새 없이

미디어를 오르내렸던 또 하나의 단어는 바로 살처분이었다. 병에 걸렸으니 죽인다. 인간의 입장에서는 당연한 수순인지도 몰랐다. 병에 걸린 소, 돼지, 닭을 먹을 수는 없는 거니까. 하지만 그 병은 어디서 왔지? 동물한테는 죄가 없었다. 인간이 인간을 위해 만든 환경에서 생긴 비극이었다. 생각하면 암담해졌다.

한국에서 전국적인 구제역이 발생한 건 대략 2000년부터였다. 그때 총 2216마리를 살처분했다. 2002년에는 16만 155마리였다. 2011년에는 350만 마리 이상이었던 것으로 알려져 있다. 유튜브에서는 살처분 당시의 현장 영상을 쉽게 찾아볼 수 있다. 동물 보호 단체에서 올려놓은 영상인데, 2019년 뉴스에 자료 화면으로 쓰이기도 했다. '살겠단 돼지 위로 흙을'……'살처분' 트라우마 심각"이라는 제목의 뉴스. 2019년 1월 4일이었다.

굴착기가 돼지들을 구덩이 아래로 밀어 넣었다. 자막에는 "가로 약 30미터, 깊이는 약 10미터"라고 쓰여 있었다. 쌓이고 쌓이는 돼지들이 공포에 질려 소리를 질렀다. 방역복을 입은 작업자는 고개를 돌리고 엉엉

울었다. 2010년 구제역 발생 이후 2018년까지 8차례의 구제역이 있었다. 총 38만 마리의 소와 돼지가 살처분됐다. 일곱 차례의 조류독감으로 6900만 마리의 닭과 오리가 살처분됐다. 2019년에 아프리카돼지열병으로 살처분된 돼지 47만 마리를 더하면 지난 10년간 약 7000만 마리가 같은 방식으로 산 채로 땅에 묻혔다.

사람도 성치 못했다. 2011년 충남 지역 축협에서 일하던 사람은 살처분 트라우마로 스스로 목숨을 끊었다. 2010년 12월 당진에서 진행됐던 살처분 현장에 투입됐다가 극도의 충격을 받은 것으로 알려졌다. 하지만 2011년 9월에도 같은 장소에서 침출수 제거 작업에 투입됐다. 2017년엔 국가인권위원회가 전국 공무원 268명을 대상으로 '가축 매몰 참여자 트라우마 현황 실태 조사'를 벌였다. 응답자의 76퍼센트가 트라우마에 시달리는 것으로 집계됐다.

침출수, 가축 매몰 같은 단어 뒤에 있었던 살풍경. 상상만 하던 지옥의 일부가 그 화면 안에 있었다. 폭력은 즉각적이다. 맞으면 아프다. 누가 내 뇌를 쿡 찌르는 것 같은 충격이었다. 깔끔하게 포장된 식료품, 어릴

때부터 당연하게 먹어 왔던 고기의 형태에서는 짐작할 수 없는 광경이었다. 알고 나면, 다시는 모르는 사람으로 살아갈 수 없는 사실이기도 했다.

지도자 과정쯤에도 같은 심정이었다. 내가 경험했던 모든 즐거움. 잘 달궈진 불판 위에 고기를 올려 놓았을 때 들을 수 있는 맛있는 소리. 그걸 가만히 바라보다 적당한 타이밍에 뒤집었을 때의 쾌감이 한순간에 모조리 폭력으로 전환되었다. 고기 굽는 소리가 비명 같았다. 육즙이 침출수 같았다.

아힘사에 대해 공부했던 주말, 친구들과의 모임에선 마침 돼지 목살을 먹었다. 서울에서도 손에 꼽는 맛집이었다. 그런데 빨간색 고기가 나오는 순간 배 속 깊은 곳 어딘가부터 역한 기운이 느껴지기 시작했다. 잘 썰어 나온 목살을 보면 돼지의 원형이 떠올랐다. 그들이 고기가 되는 환경, 내가 본 모든 광경에서 느꼈던 스트레스와 공포를 같이 연상하기도 했다. 친구들에게 말했다.

"나 지난주 요가 철학 시간에 아힘사라는 걸 배웠는데, 그게 비폭력 철학이거든? ……근데 이 고기를 전

처럼 볼 수가 없다. 와, 정말 속이 좀 이상해지네?"

"그래서 안 먹을 거야?"

"아니, 그건 아닌데……."

낯선 매스꺼움과 익숙한 맛 사이에서, 그날의 나는 맛과 사회를 택했다. 오래 사귄 친구들 사이에서 유별나게 굴고 싶지 않았다. 먹어 보니 그 맛이었다. 이후로도 채식주의자로 살지는 않았다. 고기를 아주 즐기는 편은 아니었지만 필요한 상황에선 외면하지도 않았다. 그즈음 봤던 그 모든 폭력의 광경에서도 천천히 멀어지는 것 같았다.

이후의 나는 어떻게 될까? 여전히 유별난 사람이 되고 싶지는 않다. 마침 여럿이 모였을 때의 분위기를 그런 연유로 흐리고 싶지도 않다. '콘텐츠 스타트업을 운영하는 빡빡이 요가 수련자'라는 몇 가지 정체성만으로도 이미 조금은 유별난데.

행동보다 결심이 앞서는 것도 싫다. 아무것도 거창하고 싶지 않다. 고기를 먹는 쾌락이 사실이었다면 평화로운 음식을 고요한 마음으로 먹는 즐거움 또한 팩트일 것이다. 그걸 천천히 깨달아 가면서, 습관이 철학으

로 물들듯 이어지는 사람이었으면 좋겠다. 뭣보다 그날 철학 시간에 들었던 이 말만은 내내 기억하고 있다.

"비폭력이란 삶을 존중하고 사랑하는 습관입니다."

내 삶을 존중하고 사랑하듯 다른 생명을 사랑하고 존중하는 일. 지금까지와는 조금 다른 습관, 내 마음이 진짜 하고 싶은 말에 귀를 기울이는 일. 요가가 나한테 권하는 삶의 방식이었다. 기꺼이 받아들이고 싶은, 다분히 개인적인 평화의 시작이었다.

요가원에는
몸이 있다

첫날은 다소 풍덩한 트레이닝 바지와 티셔츠를 입었다. 매트는 빌려서 썼다. 이후로도 몇 개월은 비슷한 차림으로 수련했다. 7부 조거 팬츠에 면 티셔츠도 자주 입었다. 수련을 하러 가야 하는데 운동복을 잊고 온 날은 베스파를 타고 회사 근처에 있는 SPA 브랜드 매장으로 달려갔다. 거기서 얇고 신축성이 좋은 소재로 만든 상의와 하의를 대충 집어 입기도 했다.

요가를 수련하고 싶은 남자들은 요가 스튜디오에 매트를 깔기 전부터 종종 난감해한다. 몸매가 드러나는 레깅스와 탑을 입은 자기 자신을 상상하는 일이 다소 괴롭게 느껴지기 때문이다. 나도 마찬가지였다. 몸매를 드러내지 않는 요가복을 찾기 위해 웹 사이트를

뒤지고 또 뒤지던 날들의 기억이 아직도 생생하다. 그렇게 룰루레몬에서 찾은 풍덩한 핏의 바지를 몇 년이나 입었다. 그동안 상의는 회색 면 티셔츠로 버텼다.

인스타그램에서 유명한 남자 요가 선생님들을 찾아보기도 했는데, 그들의 몸은 하나같이 멋진 근육질에 미남이었다. 게다가 대부분은 반쯤 벗은 채 아사나를 취하고 있었다. 어떻게 인간이 저런 근육을 가질 수 있나 싶은 몸들. 비현실, 비인간적인 자세를 아무렇지도 않게 취하고 있으면서 얼굴에는 미소까지 띠우고 있는 요가 선생님들.

아무리 수련해도 저런 몸이 될 수 있을 것 같지는 않았다. 적당한 근육질이 될 수는 있겠지만 얇아질 수는 없을 것이었다. 내 몸은 원래 좀 두꺼운 편이니까. 평생 마른 몸이 될 일도 없을 것 같았다. 기억하는 한, 내 배는 한순간도 납작했던 적이 없다.

그래서였을까? 처음 요가 스튜디오에 들어선 순간의 나는 완벽하게 위축돼 있었다. 몸은 마음대로 움직이지 않았다. 어떤 자세를 취해도 고통이 있었다. 난생 처음 느껴 보는 부위에서 난생 처음 겪는 차원의 아

품을 느꼈다. 게다가 진짜 괴로운 건 그게 아니었다. 그 모든 순간의 내 몸이 우스꽝스러울 게 분명하다는 자의식. 내 몸에 대한 스스로의 콘셉트였다. 하지만 요가에 관심이 있는 남자 친구들의 질문은 좀 다른 포인트에 꽂혀 있는 것 같았다. 그들은 자주 물었다.

"거기 그…… 여자들이 그렇게 많은데 혼자 있으면 좀 그렇지 않아?"

"그…… 다들 그런 옷을 입고 막 그렇게 움직이면 좀 그렇지 않아?"

"저기…… 거기 가면 예쁜 사람들 많아?"

'저기'와 '거기'를 참 많이 들었다. '그'와 말줄임표가 합쳐지면 그다음 말은 듣지 않아도 알 것 같았다. 나한테 요가원에 대해 물어 오는 남자들의 대다수는 요가 자체에 대한 불편함은 거의 없었다.

"내가 좀 뻣뻣한 편인데 괜찮을까?"라거나, "내가 유연성이 완전 제로라서, 요가를 할 수 있을까?" 같은 질문을 제외한 모든 질문은 남자로서의 자신이, 여자가 많은 공간에 들어갔을 때의 어떤 심상에 집중돼 있었다.

조금 더 노골적으로 말해 볼까? 다양한 요가 아사나가 몸을 드러내는 방식을 대상화하는 데 익숙한 시각이었다. 조금 더 직설적으로 써 볼까? 남자들이 의식하는 것은 결국 대상화한 여자의 몸이었다. 한국 남자 사회에서는 공기처럼 익숙한 그 대상화가, 가 보지도 않은 요가원을 생각할 때도 활발하게 작동하는 것이었다. 어떤 사람에게 요가 스튜디오는 그 많은 여자들이, 몸이 드러나는 옷차림을 하고, 비일상적인 자세를 지속적으로 취하는 공간일 수도 있는 셈이었다.

　　여기에 그 숱한 이미지들, 인스타그램과 유튜브에서 요가와 요가복을 대상화하는 건 너무 쉬운 일 같았다. 그렇게 하면 늘어나는 숫자가 있었다. 숫자는 비즈니스의 바탕이었다. 비대해지길 원하는 자의식의 근본이기도 했다. 그런 행복을 원하는 사람들은 부끄러움을 모르는 것 같았다. 그것 말고 다른 것에는 관심조차 없어 보였다. 그러니 "거기 가면 예쁜 사람들 많아?" 같은 질문에도 수치가 없는 것이었다.

　　요가 스튜디오의 나는 그 세계와 이 세계의 중간쯤에 있었다. 나는 남자였고, 대부분의 수련 시간에 유일

한 남자였다. 그런 사실로부터, 내가 남자고 그들이 여자라는 도무지 바꿀 수 없는 사실로부터 오는 놀라운 쾌락이 있었다.

어쩌면 스튜디오로 올라가는 엘리베이터 버튼을 누르는 순간부터였을 것이다. 그때부터 남자와 여자, 젠더에 대한 의식이 물컹거리기 시작했다. 리셉션에서 라커 룸 열쇠를 받고 탈의실로 가는 동안엔 조금 더 액체가 된 것 같았다. 옷을 갈아입고 스튜디오에 들어가 요가 매트를 깔면 거의 물처럼 되어 있었다. 그 위에서 몸을 풀거나 누워 있는 동안, 깊은 호흡을 여러 번 반복하면서 숨을 고르는 동안엔 몸에 점점 열기가 오르기 시작했다.

단단했던 의식들이 천천히 물컹거리다 결국 액체처럼 되었는데, 몸에 열이 생기기 시작하니 의식에도 열이 오르기 시작했다. 선생님의 지도에 따라 조금 더 깊고 격렬하게 몸을 움직이기 시작했다. 열이 조금 더 오르기 시작했다.

"내 단단한 의식이 녹고, 끓다가, 결국 기체가 돼서 땀으로 맺히는구나."

플로우가 반복되고, 몸에 열기가 가득 차서 매트 위로 땀이 뚝, 떨어질 즈음이면 혼자 이런 생각을 했다. 땀은 내 몸의 노폐물만 배출해 주는 게 아닌 것 같았다. 요가원 바깥, 그 숱한 폭력과 대상화의 세상에서 딱딱하게 굳어진 내 의식과 양식까지 완벽하게 녹인 후에 몸 밖으로 빼내는 것 같았다.

그럴 때 옆을 보면 다른 몸들이 스튜디오를 가득 채우고 있었다. 그 많은 여자들, 그보다 적은 남자들이 같은 플로우 안에서 땀을 흘리고 있었다. 모두의 아사나가 같았는데 똑같은 아사나는 하나도 없었다. 몸의 형태, 근육의 쓰임, 사소한 각도와 시선과 강함의 정도가 한 명 한 명 다 달랐다. 요가의 세계에서는 남자라고 힘이 센 게 아니었다. 힘이 세다고 유리한 것도 아니었다. 여자의 몸이라고 상대적으로 약하다는 생각이야말로 어불성설이었다.

중요한 건 개인뿐이었다. 아사나의 깊이와 아름다움은 수련의 정도와 관계가 있었다. 스튜디오 안에 있는 모든 몸은 각자의 아사나에 몰입하면서 개인의 최선을 찾으려 애를 쓰는 중이었다. 인스타그램과 유튜

브에서 누구 마음대로 대상화한 몸과는 전혀 다른 몸. 누구한테 예뻐 보이고 싶은 마음은 자리를 잡을 틈이 없는 공간이었다. 누가 누구를 성적 대상화의 객체로 삼을 의도 같은 건 감히 비집고 들어올 여지가 없는 에너지였다.

대신 힘들어도 참고, 아파도 이를 악무는 패기가 조금 전보다 더 강한 몸을 농부처럼 일궈 내고 있었다. 선생님의 걸음걸음에는 기척이 없었지만, 그 기운에는 온화함만큼의 엄격함이 있었다. 나는 매트 위에서 남자도 여자도 아니었다. 뼈와 근육, 신경과 살이었다. 최대한 섬세해지고자, 할 수 있는 한 강해지고자, 내 몸을 수련의 대상으로 삼는 요가 수련생일 뿐이었다.

오로지 그것뿐이었다. 다른 모든 의식들은 액체로 녹았다가, 모두의 열기에 수증기가 되었다가, 각자의 몸에 땀으로 맺히는 것 같았다. 혹은 스튜디오와 바깥을 구분하고 있는 그 시원한 통창에 수증기로 맺히는 것 같기도 했다. 아름다움은 완성 그 자체에 있는 게 아니고, 그것을 추구하는 모든 과정 안에 있다는 걸 수련의 열기 속에서 깨달았다.

결국, 요가 스튜디오에서의 쾌락은 자유에 닿아 있었다. 폭력이 폭력인 줄도 모르고 익숙하게 굳어 있던 대상화의 세계로부터의 자유. 타인이 내 몸을 판단하고 평가하는 그 무례하고 지긋지긋한 시선으로부터의 자유. 내가 내 몸을 그들의 기준에 맞춰 판단하고 평가하는 데 익숙했던 그 모든 에고로부터의 자유. 내가 아닌 모든 것들과 나 자신으로부터 벗어날 수 있는 가능성으로서의, 그 무한하고 짜릿한 자유.

그래서, 아까의 그 질문에는 이렇게 답할 수 있다.

"거기 그…… 여자들이 그렇게 많은데 혼자 있으면 좀 그렇지 않아?"

"그럼. 아무렇지도 않아. 수련하는 데 남자 여자가 어딨어? 그런 거 없어, 안심해."

"그…… 다들 그런 옷을 입고 막 그렇게 움직이면 좀 그렇지 않아?"

"그럼그럼, 이상한 거 하나도 없어. 몸이 드러나는 옷을 입는 건 자세를 정확하게 취하기 위해서야. 누구 보여 주려고 그러는 거 아니야. 내가 드러내고 싶어서 그러는 것도 아니고. 바이크 탈 때 보호 장구 갖춰 입는

거랑 같은 개념이야. 검도할 때 호구 갖춰 입는 거랑 같은 거고."

"저기…… 거기 가면 예쁜 사람들 많아?"

"많지. 엄청 많아. 수련하는 사람들은 다 예뻐. 너도 스스로 예쁘다고 생각할걸? 그런데 하다 보면 예쁘다는 말보다는 멋지다는 말이 더 어울린다는 걸 알게 돼. 다 진짜 멋있어. 남자고 여자고 수련할 땐 다 엄청 강하고 멋져. 장난 아니야. 깜짝 놀라."

그러니 요즘에는 내 몸과 인스타그램을 비교하지 않게 됐다. 여전히 부럽지만 그들의 이미지에 비해 내 몸을 후지게 느끼지는 않는다는 뜻이다. 요가 스튜디오의 모든 몸이 다른 것처럼 그들의 몸과 내 몸도 그저 다를 뿐이니까. 팔이 좀 말랑말랑해도, 아무래도 배가 좀 더 나온 것 같은 기분이 들어도 나쁘지 않다. 마른 근육질의 몸이 아름다운 것처럼, 꾸준히 수련하는 내 몸에도 일말의 아름다움이 있다는 걸 지금은 알기 때문이다.

누구도 다른 누구의 몸을 대상화할 수는 없다. 모두의 몸에는 이 세상이 억지로 만들어 놓은 그 무례한

콘셉트로부터 자유로울 권리와 힘이 있다. 요가 스튜디오에서 수련하는 우리의 몸은 그 무례와 폭력을 어떻게 태워 없앨 수 있는지를 경험으로 알고 있다. 호흡하고 움직이며 생긴 열이 다시 땀으로 맺혀 떨어질 때, 우리의 몸은 그 자체로 온전할 수 있다는 것도.

요가 스튜디오에는 몸이 있다. 남자와 여자의 몸이 있고, 호흡하고 수련하는 몸이 있다. 어떤 콘셉트와도 관계를 맺지 않은 몸, 독립적이고 자유로운 몸, 오로지 의지로 움직이고 천천히 강해지며 끝내 성취하는 몸이 있다. 남성도 여성도 아닌 채, 그 모든 젠더로부터 자유롭게, 그저 수련하는 몸이 각자의 매트 위에서 움직이고 있다.

선생님,
저도 요가 지도자가
될 수 있을까요?

우리 요가원은 4층과 5층을 같이 쓰고 있다. 나는 건물에 한 발을 내딛는 순간부터 온화해졌다. 건물 전체에 밴 것 같은 향냄새와 공간의 에너지로부터 깊이 보호받는 느낌. 아무도 내 몸과 마음을 해롭게 하지 않을 거라는 평화가 매번 새로웠다. 요가에 호기심이 생긴 어떤 사람과는 이런 문답을 나눈 적이 있다.

"요가의 어떤 점이 그렇게 좋아요?"

"요가는 절대 배신하지 않아요. 딱 수련하는 만큼 달라져요. 그게 좋아요. 정확하니까."

골목 어귀에 들어서면 전 시간 수련생들이 맑은 얼굴로 길을 나서고 있었다. 그렇게 깨끗한 표정들이 나의 가로수길 풍경이었다.

그날도 다르지 않았다. 저녁 수련 후 간단한 샤워를 마치고 나온 참이었다. 카운터에서 사물함 열쇠를 선생님께 돌려드리고 나설 때 지도자 과정을 함께할 사람을 모집한다는 공지가 눈에 들어왔다. 거기서 멈칫했다. 오랫동안 갖고 싶었던 오토바이를 거리에서 우연히 만났거나, 그렇게 보고 싶었던 얼굴을 갑자기 마주쳤을 때 그러는 것처럼 가만히 서서 한참 들여다봤다. 국제 공인 지도자 자격증, 200시간, 매주 토요일 오전부터 저녁까지, 4개월 동안 진행되는 코스라는 설명 하나하나가 머리에 박히기 시작했다. 1층으로 내려가는 엘리베이터 버튼을 누르려다 돌아섰다.

"저, 선생님. 지도자 과정 있잖아요?"

선생님 눈동자가 조금 커진 것 같았다. 조심스럽게 물었다.

"저도 할 수 있을까요?"

선생님은 웃으면서 끄덕였고, 나는 걱정이 있었다.

"그럼요!"

"그런데 몸이, 마음은 있는데 제 몸이 아직 준비가 안 된 것 같아서요. 아직 머리서기도 제대로 못 하는 것

같고."

"우성 씨, 충분히 할 수 있을 거예요. 열심히 했잖아요? 하면서 많이 변할 거예요. 누구나 그렇게 시작해요.

"그런데 선생님, 매주 토요일 아침부터 저녁까지 수련하는 거예요? 하루에 여덟 시간씩 수련하는 게 가능해요?"

하루에 한 시간만 수련해도 다 산 것처럼 노곤한데 오전 9시부터 6시까지 이어지는 수련이라니. 거의 입대하는 심정으로 했던 질문이었다. 선생님 얼굴에는 미소가 여전했다.

"토요일은 철학, 해부학, 실기를 배울 거예요. 수련은 평일에 해야지. 거의 매일 해야 해요. 그래야 효과가 있어요. 열심히 하는 분들은 하루에 두세 시간씩 수련해요. 그럼 지도자 과정 끝날 때쯤에는 몸도 마음도 정말 좋아져 있죠. 그런데 우성 씨, 요가를 가르치고 싶은 생각도 있는 거예요?"

생각해 본 적도 없었다. 조금 더 깊이 알고 싶다는 마음뿐이었다. 시작했고, 매료됐으니 더 친해지고 싶은 마음이었다. 만났고, 호감이 생겼으니 더 알고 싶었

던 그 사람처럼. 하지만 준비가 됐다면 피할 일도 아니라고 생각했다.

"언젠가 나누고 싶기는 해요. 좋아하니까."

"오케이, 한번 생각해 보세요. 분명히 좋을 거예요."

두려울 건 없었다. 어차피 요가 수련은 매일매일 두려움과 평화의 현란한 조합이었다. 시작하기 전에는 매일 두려웠고 수업이 진행되는 동안에는 그저 집중했다가, 평화는 다 끝난 후에야 만끽할 수 있었다. 몸은 그 과정 속에서 천천히 변할 일이었다. 내 몸도 우상향 함수 그래프처럼 나아지고 있었다. 고민은 다른 데 있었다.

월간지 기자의 일상은 불규칙했다. 행사와 출장, 섭외와 촬영 사이에 다양한 원고를 마감하는 일상이 한 달 단위로 펼쳐졌다. 지금까지의 요가 수련은 그 첨예한 틈바구니에서 심호흡처럼 만들어 낸 시간이었다. 숨이 끊기기 직전까지 잠수하다가 수면 위에서 가까스로 쉬는 큰 숨이었다.

지도자 과정을 시작한다면 대충 하고 싶은 마음은 없었다. 일상의 중심축을 요가로 옮기는 각오가 필요

했다. 일을 줄이고 수련 시간을 늘려야 했다. 나는 반드시 해야 하는 일과 뺄 수 있는 일을 구분해 정리하기 시작했다. 주말 한나절을 규칙적으로 비울 수 있는 방책도 설계했다. 그날, 요가원을 나서는 엘리베이터 안에서 이미 이런 계획을 짜고 있었다. 수련을 막 마쳐서 유연해진 몸과 마음으로, 오래전부터 정해져 있었던 것처럼 자연스럽게 흐르는 생각이었다.

돌이켜 보면 그때, 나는 어쩌면 커리어의 정점에 있었다. 모든 걸 새롭게 만들고 싶은 의지로 충만했다. 어쩌면 종이 잡지 자체를 새롭게 하고 싶었다. 그런 채 한순간도 일을 가볍게 여긴 적이 없었다. 한가롭게 남는 시간은 죄라고 생각하면서 박차를 가하고 싶었다. 하지만 그때의 나는 표정부터 망가지고 있었다고, 친구는 조심스럽게 말해 주었다.

"지금이니까 하는 얘기지만 너 그때 얼굴 장난 아니었어. 진짜 어둡고 우울했어. 보는 사람마다 '우성이 무슨 일 있냐'고 물어봤어."

"우성이 무슨 일 있냐는 질문을 왜 우성이한테 안 하고 너한테 해?"

"너무 힘들어 보여서 물어볼 수가 없었대. 얼굴만 봐도 너무 날카롭게 날이 서 있어서. 나는 알고 있으니까."

정말 그 정도였을까? 내 몸은 그때 단단하게 불어 있었다. 모양이 무너진 게 아니었다. 그대로 팽창한 느낌이었다. 구조는 완전히 같은데 평수만 다른 아파트 같았다. 친구는 말했다.

"너 그때 요가 아니고 웨이트트레이닝 받는 줄 알았잖아. 근육이 막…….."

일에 대한 의지만큼 일정도 복작거리던 시기였다. 일은 일대로 몸은 몸대로 맘껏 팽창하게 내버려 두었다. 들어오는 일을 모조리 처리하면서 저녁마다 누군가를 만났다. 일주일에 나흘 정도는 술을 마셨다. 즐기면서 내려놓는 정도가 아니었다. 매번 꽤나 취할 때까지 끝나지 않는 밤이었다. 그게 열심히 사는 30대의 일상이라고 생각했다. 하루를 꽉 채워 혹사시키면서, 그렇게 취해 잠들면서, 조금씩 망가지는 몸을 보고도 '허허' 웃을 줄 아는 게 어른의 삶이라고 여겼다.

그러면서 누가 말도 못 붙일 정도로 날이 서 있었

던 거였다. 돌이켜 보면 안개처럼 뿌옇게 우울한 시간이었는데, 억지로 버티려니 더 날카로워진 것 같았다. 혹시 그때 내 몸과 마음을 채우고 있었던 건 독 아니었을까? 근육도 지방도 아닌 채, 해롭게 사는 게 정상인 줄 알았던 마음의 독. 그래서 몸도 마음도 탱탱 부어 있었던 거 아닐까?

지금 생각해 보면, 그때 결정했던 요가 지도자 과정은 스스로 내린 해독 처방이었다. 의지와 호기심을 충족시키면서 내 삶을 제자리로 돌려놓을 수 있는 계기를 스스로 마련한 것이었다. 4개월 동안 매주 토요일 한나절을 요가원에서 보내야 하는 일정. 출장, 인터뷰, 촬영이 겹쳐도 안 됐다. 한번 놓치면 따라갈 수 없는 엄격한 수업이었다. 수련도 매일, 더 열심히 해야 했다. 아무리 생각해도 버거운 것 같아서 몇몇 가까운 사람에게 계획에 대해 상의했다. '요가 지도자 과정을 수료하려고 한다'고 담백하게 말했다.

"그냥 더 알고 싶어. 평생 좋을 것 같아. 요가는 나이가 들고 세월이 흐른다고 쇠퇴하는 게 아니잖아? 점점 더 깊어지고 좋아지는 거니까. 다른 모든 게 나빠져

도 요가 하나만은 좋아질 것 같아. 혹시 또 알아? 국제 지도자 자격증이니까 나중에 다른 나라에서 가르칠 수도 있을지. 그렇게 길게 여행을 떠날 수도 있을 거야."

반응은 담백하지 않았다.

"하하하, 내가 너 같은 몸매를 가진 요가 선생님은 본 적이 없는 것 같은데?"

"지도자? 회사 그만두는 거야? 드디어 요가원 차리는 건가!"

"그게 가능하겠어? 이제 요가 선생님 되는 거야? 막 박스 안에 들어가는 거야?"

말에는 악의가 없었지만 상처는 다양했다. 가볍지 않은 편견이었다. 부끄럽게 몸을 드러내는 방식으로 요가를 이용하는 미디어와 개인은 언제나 있었다. 아주 어렸을 때, 티브이에서는 요가의 기예적 측면만 과하게 부각해서 보여 주곤 했다. 서커스에 가까운 명절 엔터테인먼트였다. 크고 작은 상처는 각오가 되었다. 투지만은 확실히 선명해졌다.

"저, 지도자 과정 등록할게요. 한번 해 볼게요."

상담 이후 첫 수련을 마치고 나서였다. 그날도 많

은 땀을 흘린 후였다. 몸은 몸대로 강해져 있었고 마음
은 전에 없이 후련했다. 가고 싶었던 길을 마침내 걸을
수 있게 됐을 때 느끼는 자유. 꽉 막혀 있던 일상의 어
떤 부분이 제대로 열리고 있다는 작은 확신이 있었다.

"잘 생각했어요. 이제 지도자 과정 시작하면 '선생
님'이라고 부를 거예요. 우성 선생님."

"네? 아직 선생님 아닌데요? 시작도 안 했는데?"

"시작하면, 다 마치고 나면 선생님이 될 거니까요."

7월, 여름이 점점 깊어지는 문턱에서 했던 결정이
었다. 모든 과정을 수료한 건 이듬해 1월이었다. 자상
하고 엄격한 세 분의 선생님, 열 명 남짓한 동기들과는
매 주말 이른 아침에 만나 저녁에 헤어졌다. 그렇게 여
름과 가을, 겨울을 같이 보냈다. 극심한 긴장과 달콤한
이완 사이, 우리는 참 많이 웃고 가끔은 울기도 했다.
무수히 많은 쉼표와 거대한 느낌표의 계절. '선생님이
된다'는 말의 무게를 그때는 알 길이 없었다.

ASANA 4

발라아사나,
아기 자세

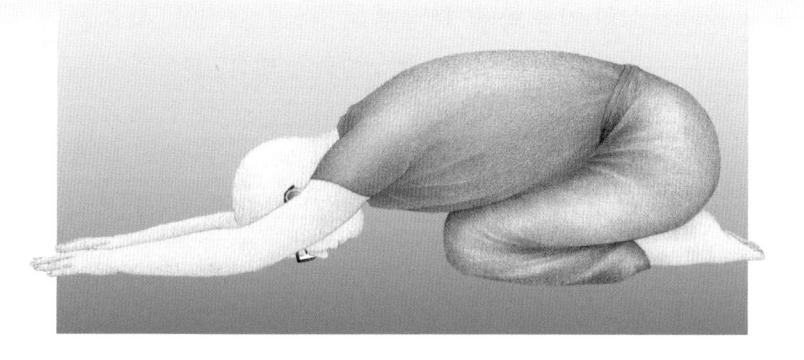

"자, 이제 두 무릎을 땅에 대고……."

이 말을 얼마나 기다렸는지 모른다. 팔은 이미 테이블 자세에서부터 후들거리고 있었다. 온몸에서 수증기가 올라오는 것 같았다. 겨울에는 스튜디오 창문에 뽀얗게 김이 서렸다. 저 창문이 캔버스라면 울창한 숲과 동물들을 그리고 싶은 기분이었다. 그 복판에서 아무것에도 쫓기지 않고 둘이서 행복해하는 그림을 호쾌한 풍으로 그릴 수 있을 것 같았다. 그만큼 자유롭고 홀가분한 상태였다.

몸은 기분 좋게 이완돼 있었으나 곳곳의 근육들은 작은 비명들을 지르고 있었다. 뻐근하게 힘을 쓴 후이기도 했다. 상의도 땀으로 젖어 있었다. 매트 위에는 이미 몇 개의 땀방울이 떨어져 있었다. 이미 말라서 희미한 방울과 지금 막 떨어져서 거의 검정색처럼 보이는 땀방울이 불규칙하게 흩어져 있었다. 조심스럽고 거친 숨소리가 공간을 가득 채우고 있었다. 이토록 치열하면서도 평화로운 소리. 오로지 자신에게만 열중하고 내면에 집중했을 때만 들을 수 있는 소리.

나도 그런 상태였다. 숨이 가쁜데 가슴은 한없이

넓어진 것 같고, 몸은 완전히 이완된 것 같은데 근육은 긴장의 끈을 놓지 않았다. 한없이 움직일 수도 있을 것 같은 리듬 위에 있었지만 한 템포 쉬어 가도 황홀할 것 같았다. 이럴 때 필요한 건 타의였다.

"자…… 이제 우리 발라아사나, 아기 자세에서 쉬어 갑니다. 두 무릎을 바닥에 대고……."

'옳지, 옳지!'

마음속으로 환호성을 질렀다. 너무 반가워서. 이제 숨을 좀 고를 수 있으니까. 깊은 숨을 들이마시고 내쉬면서 엉덩이를 뒤꿈치 위에 내려놓았다.

"골반 너비로 벌리셔도 좋습니다……."

여전히 고요하고 강한 선생님의 목소리가 우리를 휴식으로 인도하고 있었다. 나는 그 나긋나긋한 초대장을 들고 신나서 뛰어가는 어린애가 된 기분이었다.

무릎을 바닥에 대고 골반 너비로 벌렸다. 다시 깊은 숨을 들이마셨다. 내쉬면서 엉덩이를 뒤꿈치 위에 내려놓았다. 상체를 천천히 내려 무릎과 무릎 사이에 놓았다. 그렇게 한숨 더 들이마시고 내쉬었다. 등이 부풀어 올랐다가 가라앉았다. 가슴이 동그랗게 부풀었다

가 판판해졌다. 배가 통통해졌다가 다시 편안해졌다. 이마를 바닥에 내려놓고 두 손을 앞쪽으로 쭉 뻗었다. 그 상태에서 천천히 호흡을 이어 갔다.

당분간은 이대로 머무를 예정이었다. 나한테는 적어도 1분 이상, 짧아도 3분 정도의 시간이 주어져 있었다. 고개를 아래로 하고 이마를 바닥에 대고 있으면 세상에 나만 있는 것 같았다. 눈을 감으면 숨만 느껴졌다. 내가 살아 있고, 지금은 쉬고 있다는 사실 자체만 또렷하고 뭉근했다.

몰아쉬던 숨은 시간이 흐르면서 천천히 잦아들었다. 가슴이 부풀었다가 가라앉는 정도, 등이 오르내리는 정도도 희미해졌다. 그러는 동안 가슴이 점점 바닥과 가까워지면서 동시에 깊어졌다. 바닥에 이마를 대고 있다가 볼을 대고 쉬기도 하고, 아래 허리와 어깨가 조심스럽게 이완되는 걸 느끼고 있었다.

쉼.

마침내 쉼.

이 자세는 주로 아도무카스바나사나, 견상 자세에서 무릎을 땅에 대라는 선생님의 인도와 함께 시작되

곤 했다. 모든 플로우를 마치고 쿨다운 플로우로 들어가거나, 플로우의 마지막 피크 포즈에서 시르샤사나를 비롯한 각종 역자세나 강력한 후굴 자세를 수련한 후에도 휴식처럼 주어지는 자세였다.

하지만 언제나 취할 수 있는 아사나이기도 했다. 사실 내 마음에 달린 일이었다. 아기 자세는 수련 시간 중 언제라도 선택할 수 있다. 주어지지 않아도 스스로 무릎을 대고 쉴 수 있었다. 스튜디오에서는 누구도 강제하거나 강요하지 않았다. 선생님은 자주 말했다.

"수련을 하다가 플로우 중간에도 쉼이 필요하거나 숨을 고를 필요가 있을 땐 언제든지 발라사나에서 쉬어 가세요. 괜찮습니다."

하지만 그게 마음대로 될 리 없었다. 요가 수련을 시작할 때부터 지금까지 바로 그런 점을 이상하게 여겼다. 나는 왜 쉬지 못하지? 왜 쉬엄쉬엄 못하지? 왜 대충 넘기지 못하는 거지? 왜 이렇게 끙끙대면서, 부들부들 떨면서, 이 두꺼운 상체와 뱃살을 타박하면서 이렇게까지 애를 쓰는 거지? 나는 왜……?

수련 중의 아기 자세는 언제나 누울 수 있는 고급

침대, 포근하고 폭신한 거위털 이불, 기대 쉴 수 있는 소파, 무료로 입장 가능한 놀이동산이었다. 세상에서 가장 달콤하고 시원한 음료를 마실 수 있는 카페였고, 무거운 마음의 짐을 마침내 내려놓을 수 있는 사찰처럼 느껴지기도 했다. 아사나는 늘 거기 있었다. 중요한 건 마음이었다. 수련을 처음 시작했던 그때도 스스로는 갈 수 없었다. 선생님이 이끌어 주실 때만 달게 즐겼다.

나는 좀처럼 쉬는 방법을 모르는 사람이었다. 요가 수련은 평소의 나를 그대로 반영한 것 같았다. 쉬는 순간에 죄책감을 느끼는 사람. 시간을 그냥 흘려보내는 것 같은 느낌이 들면 안절부절못했다. 하지만 그게 나쁜가? 쉬는 건 무조건 괜찮고, 내려 놓는 건 늘 옳고, '이래도 저래도 괜찮아서 괜찮으니 내 책을 사라'고 말하는 무슨 베스트셀러처럼 살아야 트렌디한 건가?

몰아 세우지 않으면 휴식도 달지 않았다. 아사나는 머물렀을 때, 참고 버텼을 때, 몇 날 며칠을 반복했을 때, 오로지 꾸준했을 때만 조금의 완성을 허락해 주었다. 몸은 계절 같았다. '오늘부터 가을이구나' 혼자 생각했던 아침처럼 하루하루 천천히, 아무도 모르게 달

라지다 갑자기 변화가 느껴지는 날이 있었다. 몇 년을 수련해도 크게 진척이 없는 아사나도 있었지만…….

나는 키가 작고 가슴과 다리가 두꺼운 체형이다. 이런 몸으로는 트위스트가 유난히 힘들었다. 역자세는 시간을 들인 만큼의 결과를 누릴 수 있었다. 배에 힘이 생기면서 머무를 수 있는 시간도 점점 늘었다. 하지만 다리를 꼬거나 상체를 돌리려면 그렇게 답답할 수가 없었다. 스튜디오 안에 있는 수련생들이 그렇게도 얇고 유연한 몸으로 각자의 아사나를 멋지게 만나고 있을 때 내 몸은 잘못 돌린 겨울 빨래 같았다. 힘이 있으니 쥐어짤 수는 있는데 더 이상 돌렸다간 어디선가 '북!' 찢어지는 소리가 날 것 같은 상태.

"무릎을 골반 너비로 벌리셔도 좋습니다."라는 선생님의 가이드가 반가운 것도 그래서였다. 무릎을 벌리면 상체를 바닥에 내려놓을 수 있는 공간이 생긴다. 배와 허벅지가 서로를 배척하지도 않는다. 배는 배대로 숨을 쉴 수 있고, 허벅지는 허벅지의 자리에서 이완할 수 있었다.

그래도 아쉬움은 남았다. 엉덩이랑 발뒤꿈치는 어

떡하면 좋지? 허벅지와 종아리가 서로의 자리를 주장하는 강도는 아무리 수련을 계속해도 좀처럼 약해지지 않았다. 종아리도 딴딴하고 허벅지도 두툼해서였다. 상체를 내려놓고 이마를 땅에 대고 있는 아기 자세에서도 엉덩이와 뒷꿈치 사이에는 휑한 공백이 있었다.

선생님은 가끔 아래 허리를 아래로 꾹 눌러 주었는데, 그제야 어렴풋이 감을 잡을 수 있었다. '아, 이게 날씬한 사람의 아기 자세인가' 하고. 몸을 제대로 접을 수 있다면 이런 식으로 이완된다는 걸 잠깐이라도 느낄 수 있었다. 선생님의 손이 떠나면 뒤꿈치와 엉덩이도 미련 없이 서로를 놓아주었다. 무슨 스프링처럼.

수련은 수련대로 하고 먹는 걸 좀 줄여야겠다는 결심도 여러 번 했다. 진짜 요기처럼 먹어야지. 제철 채소와 과일, 곡물과 간편한 드레싱으로 하는 식사를 설계해야지. 종아리와 허벅지도 내 몸인데, 수련만으로 안된다면 다른 방법을 고안해야 했다. 그래야 조금 더 이상적인 아기 자세에 가까워질 것 같았다.

숨이 잦아들고 몸이 평화를 찾는 동안 마음 한구석에서는 이런 생각이 사라지지 않았으니, 나는 어쩌

면 제대로 된 발라아사나를 한 번도 만난 적이 없는 건 아니었을까? 내가 아주 어렸을 때, 아기였을 때도 이런 자의식에 빠져 있었을까? 닿으면 닿는 대로, 아니면 아닌 대로 즐기는 일이야말로 아이의 특권이 아니었을까? 나는 정말 쉬는 방법을 잊은 걸까?

"자, 이제 천천히 일어나 두 손으로 바닥을 짚고……."

어렴풋이 선생님 목소리가 다시 들리기 시작했다. 나는 눈을 뜨고 허리를 말면서 상체를 들었다. 내 이마가 놓여 있던 자리가 땀으로 젖어 있었다. 내 손과 팔이 닿아 있던 곳의 색도 땀으로 짙어져 있었다. 마침내 고개를 들어 올려 무릎을 꿇고 앉았다. 다시 큰 숨을 쉬면서 눈을 떴다. 시야가 밝아지니 생각이 사라졌다. 그 자리에 다시 몸이 들어왔다.

도톰한 몸과 수련하는 몸, 애쓰는 몸과 쉬는 몸. 그게 다 내 것이었다. 가슴과 배, 허벅지와 종아리가 다 내 것이었다. 아기 자세에서 이마를 바닥에 대고 나를 마주했을 때 소용돌이처럼 일어났던 자의식, 내 수련과 아사나에 대한 의심 자체도 내 것이었다. 너무 자유

로워서 스튜디오 통창에 그림을 그리고 싶었던 나 자신, 남과 나를 비교하면서 자괴감에 빠져들었던 나도 다 내 것이었다. 내 것이니까 내가 통제할 수 있었다. 통제할 수 있으면 변할 수도 있을 것이다.

요가 수련 좀 한다고 갑자기 세상이 아름다워지는 것은 아니다. 갑자기 나에 대한 사랑이 샘솟는 것도, 그 복잡한 자의식들이 깔끔하게 사라지는 것도, 나를 남과 비교하는 그 오래된 습관이 불현듯 증발해 버리는 것도 아니지만…… 적어도 이런 순간은 만나게 된다. 실낱 같은 명료함 정도는 체험할 수 있다. 내 몸과 마음이 한 시간 전보다 조금은 맑아졌다는, 아주 사소하고 귀한 사실과 마주하게 된다.

게다가 아기 자세는 끝을 위한 자세가 아니다. 오늘의 수련도 아직 끝난 게 아니었다. 당분간 아기였으니 이제 성장을 위한 시간이었다. 나를 어쩔 수 있는 건 나밖에 없다는 사실을 다시 한번 받아들일 시간이었다. 선생님의 리드에 따라 손으로 땅을 짚고 골반을 들어 올렸다. 오늘 수련의 마지막을 향해 다시 몸을 움직이기 시작했다.

5

비로소 하루가,
어쩌면 삶이
시작되는 것 같았다

다시 찾은 아침

토요일 아침, 집에서 커피를 내려 텀블러에 담았다. 베스파에 시동을 걸고 집을 나섰다. 한남대교를 건널 때의 냉기. 해는 이미 밝았지만 아직 공기가 덥혀지지는 않은 시간이었다. 지도자 과정 이수를 위해 요가 스튜디오로 가는 길. 시속 60킬로미터 정도의 바람을 얼굴로 맞을 때, '아침'이라는 단어가 새삼스러웠다.

고등학생이었을 땐 매일 새벽 6시 30분이 하루의 시작이었다. 8월 중순이어도 아침엔 시원했다. 점심시간쯤엔 뜨거웠다가 하교할 즈음엔 조금씩 식어 가던 계절. 그땐 몸으로 시간을 인식할 수 있었다. 대학생이었을 때도 다르지 않았다. 1교시 수업을 들으러 갈 땐 7시 30분쯤 집을 나섰다. 8시 40분쯤 학교에 도착해도 여

비로소 하루가,
어쩌면 삶이 시작되는 것 같았다

유가 있었다. 천천히 걷거나 음료를 사거나. 다른 수업을 들으러 뛰어가는 친구와 나누는 인사도 나의 좋은 아침이었다.

기자가 되면서부터 아침이 사라졌다. 《경향신문》에서 사회부 경찰 기자 수습 생활을 시작했을 땐 새벽과 친해지기 시작했다. '사츠마와리'라고 부르는, 지금은 사라진 전통이 그때는 있었다. 아침저녁으로 내가 맡고 있는 관할 지역의 경찰서 네댓 군데를 돌면서 사건을 찾고 보고하고 취재하는 훈련이었다. 형사계와 강력계, 여성청소년계와 교통과를 경찰서마다 돌고 순번에 따라 선배한테 보고했다. 경찰서 기자실에 누웠을 땐 새벽 2~3시 사이였다.

아침에도 보고가 있었다. 첫 보고를 하기 전에 다시 모든 경찰서를 돌기 위해선 5~6시 사이에 일어나야 했다. 제대로 하자면 서너 시간 정도 겨우 잘 수 있었다. 밤새 들어온 사건이나 사고를 다시 종합해 기삿거리를 찾았다. 아침 식사와 샤워도 경찰서에서 했다. 낮에는 끊임없이 취재 지시를 받아 서울을 종횡으로 누볐다. 5시경에는 회사에 들어가 기사를 썼다. 선배의

첨삭을 받아 수정에 수정을 거듭하고 나면 회사 식당에서 식사를 했다. 이후엔 다시 경찰서로.

잠도 시간도 모자랐다. 몸도 마음도 쉽지 않았지만, 그 경험에 차마 낭만과 즐거움마저 없었다고는 못한다. 대학 졸업 전까지는 가 본 적도 없는 동네를 골목골목 누비고, 경찰서의 심야와 새벽을 매일 보면서 조금 더 넓은 시야를 갖게 됐다. 내가 상식이라고 믿었던 세계가 몇 번이나 깨졌다. 시간에 대한 개념도 틀을 벗어나기 시작했다.

새벽 2시가 초저녁 같았다. 4시에 자고 9시에 일어나면 하루를 보내는 데 무리가 없다고 생각하기 시작했다. 월간지 기자였을 때도 비슷한 타임라인으로 살았다. 마감 야근이라는 건 으레 2시, 늦으면 3시, 무리하면 4시였다. 대신 아침엔 10시까지 잤다. 11시경까지 출근하는 날도 있었다. 11시 30분에는 아침 겸 점심을 먹고 오후가 돼서 다시 하루를 시작하는 일상이었다. 그 생활에도 낭만이 없지는 않았지만.

그렇게 서서히 아침을 잃어 갔던 것이다. 대신 오후의 열기와 밤의 밀도, 새벽의 가벼운 방종과 어울리

비로소 하루가,
어쩌면 삶이 시작되는 것 같았다

기 시작했다. 그걸 자유라고 생각하던 때도 있었지만, 그런 식으로 천천히 몸이 망가지고 있었다는 건 정말 어딘가 망가지고 나서야 알았다.

그래서였다. 그즈음 요가원으로 향하는 토요일은 아침마다 낯설었다. 현관문을 열고 바깥공기를 맡는 순간 '이게 아침이구나' 했다. 난생 처음 경험하는 하루의 시작 같았다. 그렇다고 마냥 상쾌하진 않았다. 몸 전체에 피로가 덕지덕지 붙어 있었다. 마음에 여유도 없었다. 수업 시작 15분을 남기고 부랴부랴 달려가기 일쑤였다. 그렇게 도착한 요가원엔 인센스와 커피 향이 예쁘게 섞여 있었다. 먼저 도착한 동기들은 그날 배울 부분을 펼쳐 놓고 조용히 앉아 있었다.

아침에는 주로 요가 철학을 배웠다. 아힘사, 사트야, 아스테야 같은 산스크리트어의 의미를 배우면서 조금씩 익숙해졌다. 수업 중간엔 같이 명상을 하기도 했다. 앉아서 눈을 감고 꽤 오랜 시간을 앉아 있었다. 선생님의 목소리에 의식을 맡기고 바깥 소리에 하나하나 집중하거나 내 숨소리를 들었다.

철학 시간이 지나면 해부학과 실기 수업이 기다리

고 있었다. 해부학은 요가의 세부를 이해하기 위한 수업이었다. 나는 무엇을 위해 움직이는가. 어떻게 움직여야 제대로 움직이는 것인가. 근육과 뼈를 어떻게 대해야 안전하게 수련할 수 있는가에 대한 기초를 다졌다.

다양한 근육과 뼈의 이름들도 산스크리트어만큼 낯설었다. 경추와 흉추와 요추, 대퇴직근과 햄스트링 같은 단어와 익숙해지기 위해서는 어떤 자세를 할 때마다 손으로 그 부위를 느껴야 했다. 대신 묘사와 이해가 점점 구체적이 되기 시작했다. "아, 오늘 아침은 햄스트링이 너무 당겨서 좀 풀어 줘야겠요."라는 말을 깔끔하게 인식하기 시작했다.

아사나를 대할 때도 목적이 생겼다. 이 관절과 저 근육을 강화하거나 이완하기 위한 자세라는 걸 정확히 이해하기 시작했다. 교재에 필기를 하고 그림을 그리면서 속으로 몇 번이나 되뇌곤 했다. 하나의 수업이 두세 시간 정도. 점심시간엔 최대한 가볍게 먹었다. 감동란이나 바나나, 김밥 3분의 2줄이나 커피 정도로 타협했다. 그러지 않으면 남은 시간을 슬기롭게 보낼 수 없었다. 9시에 시작한 수업을 마치고 밖으로 나오면 저녁

6~7시경이었다.

철학과 해부학을 배우고 나면 서서히 긴장이 고조되기 시작했다. 지도자 과정을 구성하는 마지막 퍼즐은 '티칭(teaching)'이었다. 가르치는 법을 배우는 시간이었다. 내가 좋아하고 존경하는 요가 선생님의 자리에 나도 서기 위해, 요가를 수련하는 다른 사람에게 좋은 본보기가 되기 위해 가장 직접적인 연습을 하는 시간이기도 했다.

지금부터는 정말이지 담백하게 말할 수 있다. 성인이 된 이후의 나는 언제 어디서나 티칭 수업 시간만큼의 긴장을 경험한 적이 없다. 배 속에 나비 한 마리가 들어 있는 것 같은 긴장이 아니었다. 심장이 점점 빨리 뛰다 자기 자리를 이탈한 것 같은 기분을 자주 느꼈다. 위가 있어야 하는 자리에서 심장이 뛰는 것 같기도 했고, 간이 있어야 하는 자리에서 피돌기가 시작하는 것 같은 날도 있었다. 이렇게까지 빠르게 널뛰듯 하면 심장이 정수리를 뚫고 나올 것 같기도 했다. 시야가 좁아지고 머리가 하얗게 되는 경험. 어찌어찌 임기응변으로는 단 한순간도 모면할 수 없는 시험과 시험의 연속

이었다.

학생이었을 때 늘 다정했던 나의 선생님들은, 지도자 과정 중에는 전에 없는 엄격함을 보여 주었다. 다른 사람의 몸과 마음을 책임져야 하는 자리, 그래야 마땅한 직업이니까 그만큼 가차 없이 정확해야 한다는 윤리였다. 참 많이 혼나고 드물게 칭찬받고 대부분은 가까스로 넘기면서, 한 시간의 요가 수업 안에는 명확한 논리와 연습이 반드시 선행해야 한다는 사실을 몸으로 알았다.

"우성 선생님, 이번 수업의 주제는 뭐죠? 여기서 이 아사나가 나온 다음에 이렇게 이어지는 건 무슨 의도가 있는 거죠? 내내 가슴을 여는 플로우를 했는데 피크 포즈로 머리서기를 고른 이유가 혹시 있어요?"

아무 생각도 없었다. 그저 어울릴 것 같아서, 습관적으로, 기분이 좋을 것 같아서 편하게 만들었던 시퀀스였을 것이다. 하지만 선생님의 촘촘한 질문에 대답하려면 완벽에 가깝게 준비해야 했다. '왠지 그게 좋을 것 같아서' 같은 대답은 통할 틈이 없는 세계였다. 혼이 쏙 빠지게 꾸지람을 들은 날의 머릿속은 백지가 된 것

같았다. 기자, 에디터, 칼럼니스트로 살아왔던 10여 년의 시간도 깨끗하게 지워진 것 같았다. 바쁘고 떨리고 긴장하는 사이사이, 그렇게 말끔하게 새로운 사람이 되는 것 같은 쾌감이 있었다. 움직임 하나하나, 아사나를 지도하는 한마디 한마디에 의도와 자신감이 있어야 했다.

"30대 김 씨랑 40대 황 씨랑 둘이 싸웠어? 뺨을 때렸어? 왼손으로 때렸어, 오른손으로 때렸어? 취했어? 술은 뭘 마셨어? 소맥이야? 카스야, 하이트야?"

경찰서에서 취재한 사건을 보고할 땐 이런 질문에 대답해야 했다. 요가 지도자가 된다는 건, 어쩌면 아사나를 문장 삼아 최대한 명료하고 담백한 칼럼 한 편을 쓸 줄 아는 사람이 되어야 한다는 뜻인지도 몰랐다. 하고 싶은 말을, 주제에 맞게, 최대한 효율적으로 배치하는 일. 벼리고 벼려서 정수만 남기는 일. 그 과정 자체에 완벽을 기하는 일…….

모든 수업을 마치고 나온 가로수길은 다시 달아오를 준비를 하고 있었다. 토요일 밤. 어떤 주점에선 노래 소리를 키우기 시작했다. 서로 좋아 만난 사람들이 나

굿한 술기운에 기대기 시작할 즈음이었다. 그 배경에 나는 이제 없었다. 오랫동안 익숙했던 시간, 길고 길어서 일요일 새벽까지 이어지곤 했던 토요일 밤도 이제 없었다.

대신 좋은 선생님이 되고 싶었다. 나의 요가를 기꺼이 나눌 수 있는 사람이 되고 싶었다. 오늘은 백지 같았지만, 언젠가는 나의 학생들과 뿌듯한 시간을 나누고 싶었다. 밤을 포기한 대신 얻은 아침, 그토록 신선한 다짐이었다.

우성 씨, 이제
'후진 몸'이라는 말
다시는 하지 마세요

매주 토요일을 종일 요가원에서 보내야 한다는 건 생각보다 거대한 약속이었다. 일단 금요일 밤을 포기했다. 술은 적극적으로 줄였다. 어쩔 수 없이 늦게까지 이어지던 자리에서도 술은 못 마셨다. 토요일 교육을 마치고 나면 몸도 마음도 노곤해졌다. 집에 가면 에누리 없이 쉬어야 했다. 그대로 지쳐 잠들 것 같은 날도 있었지만, 그럴 때마다 스스로에게 물었다.

"지금 지치는 마음이 정말 요가 때문일까?"

아니었다. 요가의 비중이 늘어난 삶에는 문제가 없었다. 마음 같아선 매일 수련만 하고 싶었다. 몸은 집중한 만큼 정확히 변했다. 토요일 수업을 마치고 나면 마음까지 다 맑아져 있었다. 이렇게 요가와 요가를 둘러

싼 것들로 내 전부를 채울 수 있다면, 그렇게 살아남을 수 있는 방법을 찾는다면 지금보다는 분명히 나은 삶이 될 것 같았다. 강하고 유연하게, 담백하고 꾸준하게 꼭 필요한 것들로 주변을 채우면서 천천히 걷는 삶.

나를 지치게 하는 것들은 다 요가원 밖에 있었다. 혹은 내 안에 갇혀 있었다. 문득 자제하지 못해 취해 버렸던 밤, 스케줄 조율에 실패해 새벽까지 이어졌던 마감 같은 것들. 동료 기자들은 섭외, 취재, 마감에 외부 활동까지 이어 가면서 주말 하루를 요가에 투자하는 나를 신기해했다. 주말만 투자하는 게 아니었다. 지도자 과정을 이어 가는 동안은 거의 매일 수련하려고 안간힘을 썼다. 하루에 두 타임씩 수련하는 날도 있었다. 회사에는 미리 양해를 구했다.

"선배, 저 요가 지도자 과정을 이수하려고 해요. 토요일은 종일 요가원에 있어야 해요. 점심시간에는 아마 자리를 비울 거예요. 정말 듣고 싶은 수업이 있는데 업무 시간 중이라면 미리 허락받을게요. 당연히 일이 우선. 마감이나 업무에는 차질 없도록 할게요. 괜찮을까요?"

그렇게 약 4개월이었다. 나는 취미로서의 요가를 천천히 벗어나려는 걸까? 이대로 점점 깊어지면 어떤 세계를 만날 수 있을까? 해낼 수나 있을까?

어렸을 땐 뭐든 배웠다. 피아노와 검도, 유도와 수영을 배웠다. 겨울엔 스키와 스케이트를 틈틈이 배웠다. 배운다는 자각도 없이 익혔다. 몸과 마음이 두루 유연했으니까, 원하는 대로 숙련할 수 있었다. 넘치는 시간을 주체하지 못하던 시기이기도 했다.

지금은 모든 게 달라져 있었다. 몸도 마음도 굳어 있었다. 정해진 기간 동안 목표한 바를 성취해야 하는 지도자 과정의 양식 자체가 낯설었다. 내가 수련하는 요가원은 국제요가협회(Yoga Alliance)에 가입돼 있었다. 지도자 과정을 이수하고 나면 국제요가협회에 가입할 수 있는 자격이 주어졌다. 내가 결심한 건 200시간 공인 과정이었다. 배우는 시간을 보내고 나면 엄격한 필기시험과 실기 시험이 각각 기다리고 있었다. 전 기수에 같은 과정을 수료한 선생님은 필기시험은 한 번 이상의 재시험, 실기 시험은 최소 두 번 이상의 재시험이 보통이라는 귀띔을 해 주었다. 수련은 평화였지만

지도자 과정은 도전과 긴장이었다.

철학 수업에선 그날의 주제에 대해 매주 한 편씩 에세이를 썼다. 주제에 대해 '그럴듯해 보이게' 완성해 낸 에세이는 통과할 수 없었다. 스스로를 깊이 들여다보고 연구하지 않으면 쓸 수 없는 수준에 도달하기까지 다시 써야 했다. 얼마나 깊이 숙고하고 썼는지는 읽으면 알 수 있는 거니까, 글 쓰는 게 직업인 입장에서도 긴장을 늦출 수 없었다. 예쁘고 잘 읽히는 문장을 쓰려는 게 아니었다. 그저 솔직하고 꾸밈없이 쓰려고 완성한 후에도 몇 번이나 다시 읽었다. 그랬더니 매번 편지 같은 에세이가 완성됐다. 과거를 돌아봄으로써 지금을 이해하는 시간, 그 결과를 선생님과 나누는 시간이었다.

이런 에세이를 바탕으로 하니까, 철학 시간의 대화도 기본적으로 마음이 좀 열려 있어야 했다. 지난주에 썼던 에세이에 대해 다음 주에 얘기할 때, 질문이 있을 때, 선생님의 질문에 대답할 때도 흔들림 없는 조건이 하나 있었다. 나를 꺼내 놓아야 한다는 것. 과장이나 꾸밈이 없어야 한다는 것. 솔직하지 않은 건 의미가 없었다. 서먹함과 솔직함 사이, 예의와 살가움 사이에서 내

이야기를 나누는 시간이 지도자 과정의 수련 중 일부였다. 스스로 정갈하게 다듬는 시간이 일주일 내내 이어졌다.

하지만 어떤 말을 할 때마다, 늘 진심이고 싶으면서도, 묘하게 경직된 수업 분위기를 좀 부드럽게 만들고 싶은 마음도 없지 않았다. 주목받으려고 나서는 성격은 아니었지만 기회가 주어졌을 때 물러서는 기질도 아니었다. 기왕 나서야 한다면 유쾌하고 싶은 쪽. 인터뷰이와 마주했을 때나 거대한 강당에서의 컨퍼런스에서도 나는 그런 사람이었다. 하지만 그날은 치부를 들킨 것 같았다. 그나마 알량했던 사회적 기술, 꽤 효과적으로 버텨 왔던 방어기제가 다 무너진 것 같기도 했다. 200시간 지도자 과정의 초반이었다. 요가를 처음 시작할 때의 마음에 관련된 아주 평이한 질문에 나는 이렇게 대답했다.

"첫날 심정을 정확하게 기억해요. 난생 처음 하는 자세, 한 번도 안 움직였던 방향으로 몸을 움직이고 땀을 뻘뻘 흘리면서 머릿속으로 계속 생각했던 말은 딱 하나였어요. '아, 이 후진 몸을 어떡하지?'"

이때 모두의 표정에서 아주 작은 웃음을 발견했다. 공감이었을까? '후진 몸'이라는 단어 때문이었을까? 분위기가 섬세하게 밝아졌다. 나는 말을 이었다.

"'어떻게 해야 하지? 어떻게 저렇게 움직일 수 있지? 아, 내 몸 정말 후졌구나.' 집에 가서 거울을 봤는데 정말 그랬어요. 이제 이 몸은 내 마음대로 움직일 수도 없게 되었구나. 참 후졌다."

이렇게 글로 써 놓으면 꽤 비장한 자기 성찰처럼 보일 수 있다. 하지만 그날 수업에선 아주 다른 뉘앙스였다. 우린 동그랗게 반원 모양으로 앉아 있었다. 말투는 명랑하게, 적당한 웃음을 섞어서, 적절하게 스스로를 낮추는 말에 선생님도, 동기들도 같이 웃어 주었다. 이후에는 수련이 내 몸을 어떻게 변화시켰는지, 그 놀라움과 가능성이 나를 지도자 과정까지 이끌었다는 이야기로 이어졌다. 그날은 그렇게 지나갔다.

몇 주 후, 그날도 철학 수업으로 시작하는 아침이었다. 선생님은 에세이 숙제를 한 명 한 명에게 돌려주셨다. 그 에세이에도 '내 몸 참 후지다'는 이야기가 쓰여 있었다. 약간의 시간을 갖고 나서, 선생님은 내 에세

이에 대해 말하기 시작했다.

"우성 씨 에세이를 읽고 생각을 좀 해 봤어요."

이 짧은 한마디로부터, 그날은 이제 잊을 수 없는 아침이 되었다.

"워낙 말도 유쾌하게 하고 그런 성격이라서, '몸이 후지다'는 이야기를 할 때, 처음엔 저도 그냥 가볍게 들었어요. 그런데 에세이를 읽어 보니까 생각이 좀 달라졌어. 말이 전부가 아닌 것 같았어요, 느낌이. 아, 저 가벼운 말 뒤에 뭔가 있구나. 우성 선생님 마음속에, 자신의 몸에 대한 어떤 마음이 있구나, 그런 생각이 들었어요. 우성 선생님 어때요? 그래요?"

순간 명치와 쇄골 사이 어딘가 묵직해졌다. 시야도 좁아지는 것 같았다. 선생님의 얼굴과 눈빛이 내 눈앞에서 점점 커졌다. 나는 그때 어색해서 웃고 있었을까? 웃으면서 고개를 숙였을까? 기억이 없는 채, 완전히 발가벗은 것 같은 느낌으로 고개를 끄덕였던 장면만 머릿속에 박혀 있다. 약간의 침묵이 이어졌다. 모두가 내 대답을 기다리고 있다는 뜻이었다.

어떤 시기의 어떤 질문은 피할 수 없다. 말하지 않으

면 마음을 드러낼 수 없고, 마음 없이 통하는 관계는 없는 거니까. 그때가 그런 순간이었다. 나는 내 마음속의 마음, 나도 몰랐던 자리에 웅크리고 있던 내 마음을 살살 달래서 꺼내 놓아야 했다. 어려운 건 결심이었다. 내 마음의 어떤 부분, 아주 작고 연약해서 더 부끄러운 그 부분을 공유하려는 결심. 나는 바로 대답할 수 없었다.

"실은……."

약간의 침묵. 선생님의 눈빛. 나의 결심.

"수련할 때마다 생각했어요. 요가 수련하는 사람들의 몸이라는 게 너무…… 예쁘잖아요? 남자나 여자나, 물론 여자 수련생의 숫자가 더 많긴 하지만……. 인스타그램 같은 데서 보면 요가 하는 사람의 몸은 남녀를 불문하고 참 예쁘다고 생각했어요. 유연하고 강해 보였어요. 아름다웠어요. 그런데 수련을 마치고 집에 가서 마주하는 제 몸은 되게 달랐어요. 막 뚱뚱하진 않지만 통통하고 키도 작고, 앞뒤로 두꺼운데 약간 둥글둥글하고 정말 그런. 몸이라기보다는 그냥 덩어리처럼 느껴지는 날이 많았거든요."

이때 선생님의 눈빛이 어땠는지에 대해서는 또 한

편의 에세이가 필요한지도 모르겠다. 진심으로 누군가의 마음을 받아들일 준비가 된 사람의 눈빛과 에너지에 대해. 그 부드럽고 견고한 눈빛만으로 그와 마주 앉은 미숙한 사람은 얼마나 큰 용기와 평화를 얻을 수 있는지에 대해서도. 시각을 훨씬 앞서는 감각, 총체적으로 따뜻한 기운 안에서 나는 천천히 말을 이었다. 동기들 표정도 어쩐지 숙연해진 것 같았다.

"'후진 몸'이라는 말은, 사실 제가 그날도 웃으면서 했던 말이지만…… 저는 진심으로 제 몸이 좀 별로라고 생각했던 것 같아요. 이런 몸으로 이 지도자 과정을 마치고 나면 내가 모두의 앞에 설 수 있을까? 누군가를 가르칠 수 있을까? 그런 생각도 했어요. 어떤 자세가 안 돼서가 아니라 그냥 몸이 좀……."

깊고 깊은 콤플렉스, 뿌리 깊은 자의식의 고백이었다. 이때 선생님이 했던 말의 모든 문장을 기억하진 못한다. 하지만 아주 거대하고 따끔한 한 문장만은 분명히 새겨져 있다. 위로도 위안도 아니었다. 누굴 달래려는 말도 아니었다. 따뜻하고 관대한 표현과도 거리가 있었다. 선생님이 여지없이 말했다.

"우성 씨, 앞으로는 '내 몸 후졌다'는 말 절대로 하지 마세요. 그랬으면 좋겠어요."

졸음인지 피로인지 모른 채 앉아 있었던 스튜디오가 햇빛으로 조금씩 더워지던 아침이었다. 나는 전날 새벽 몇 시까지 일했지? 몇 시간이나 잤지? 선생님 말에 마침표가 찍히는 순간, 햇빛 속에서 둥둥 떠다니는 먼지가 그토록 평화로웠다. 나는 더 이상 말하지 않았다. 대신 고개를 끄덕이면서 입모양으로만 '네, 네' 했다.

분명한 금지였다. 당황스러웠다. 왜 이렇게 단호한 거지? 따끔해서, 내 마음에 작은 압정 하나가 박힌 것 같았다. 순간 따끔했는데, 자세히 보니 그 압정이 고정하고 있는 작은 그림이 한 장 있었다. 종이 위에 우리가 그려져 있었다. 그날 스튜디오에서의 나와 선생님을 위에서 내려다보는 것 같은 풍경이었다.

저쪽 커튼 사이로 햇빛이 예쁘게 들어왔다. 마룻바닥이 반질반질했다. 그날의 나는 마냥 담담했는데, 그림 속에 앉아 있는 나는 좀 울고 있었다. 압정이 따끔해서가 아니었다. 내 안에 있던 내가, 너무 작고 약했던 내가, 내가 나를 바라보던 시선 속의 내가 안쓰럽고 불

쌍해서였다. 선생님의 단호함이 내 작은 자의식을 마주하게 했다. 마주하니 볼 수 있었다. 후진 건 내 몸이 아니었다.

그날 이후, '후졌다'는 말과 '내 몸'을 같이 쓴 적은 단 한 번도 없다. 어떤 말은 마음을 반영하니까. 내 마음이 나를 그렇게 보는 순간 스스로를 그렇게 규정하는 것 같아서였다. 말과 마음, 마음과 몸은 얼마나 이어져 있는 걸까? 이 시간이 지나면 나는 어떤 사람이 돼 있을까? 나는 나를 긍정할 수 있을까? 누군가의 아름다움과 나의 아름다움을 비교하지 않는 사람이 될 수 있을까?

나는 200시간의 지도자 과정 초입에 있었다. 아무것에 어떤 엄두도 못 내던 때, 훨씬 더 근본적인 질문의 문 앞에 혼자 서 있었다.

'아힘사'라는
이상한 말

지도자 과정을 시작했던 여름, 매주 토요일 아침 9시에 요가원에 도착하면 동기들이 맑은 얼굴로 앉아 있었다. 어떤 동기는 매주 토요일 새벽 청주에서 가로수길까지 왔다. 이미 요가를 가르치던 사람, 더 좋은 선생님이 되고 싶다는 일념이었다. 정말이지 '일념'이라는 말은 이럴 때 어울린다고 주말 아침마다 생각했다. 잠은 버스 안에서 자니까 괜찮다고 웃으면서 교재를 펴던 우직함이 아직도 생생하다.

그날의 시작은 요가 철학이었다. 잠이 덜 깬 토요일 아침, 선생님의 침착한 목소리가 이불 같았다. '야마'와 '니야마'라는 말을 들었을 땐 신문사에서 쓰는 '야마'라는 은어를 생각했다. 기자들끼리는 기사의 주

제를 '야마'라고 부른다. 곧 머릿속이 딴 생각으로 가득 차기 시작했다. 경찰서와 거리에서 보낸 시간들. 며칠 전에 누군가를 살해한 여자가 경찰서 안으로 끌려 들어오던 장면 같은 것들. 산스크리트어는 들어도 들어도 주문 같았다.

"야마에는 다섯 가지 권계가 있어요. 아힘사, 사트야, 아스테야, 브라흐마차리야, 아파리그라하."

나는 점점 더 몽롱해지고 있었다. 그때 경찰서에 들어왔던 30대 후반의 여자는 도박 빚 때문에 사람을 죽인 뒤 경찰에 잡혀 온 것이었다. 신문사와 방송사에서 취재 나온 모든 기자들이 모두 철수한 뒤, 아내가 사람을 죽였다는 소식을 듣고 경찰서를 찾은 남편은 황망한 표정으로 "오늘이 아내 생일이거든요……." 혼잣말처럼 말했다. 그가 들고 있던 비닐봉지 안에는 스시 2인분이 들어 있었다.

"아내가 스시를 좋아하거든요. 같이 먹으면서 축하하고 싶었는데……."

남편은 아내의 습관적 도벽에 대해 아는 바가 없었다. 빚이 있는 것도 몰랐다. 살인? 상상도 못 했다. 하지

만 그 모든 일이 한꺼번에 벌어진 오후였다. 나는 유난히 화창하고 한산했던 그날의 경찰서 주차장을 생각하면서 요가원에 앉아 있었다. 다시 선생님의 부드러운 목소리가 귀에 들어왔다.

"아힘사는 비폭력이에요. 간디가 했던 비폭력 운동을 떠올리기 쉽죠. 다르지 않습니다. 요가에서 말하는 아힘사는 더 넓은 의미라고 생각하시면 돼요."

요가는 늘 넓고 깊다. 헤아릴 수조차 없고 쉽게 마음을 열어 주지도 않는 세계. 오로지 수련을 통해서만 약간의 성취를 노려 볼 수 있는 엄격한 세계였다. 폭력이 나쁘다는 건 상식과 경험으로 알고 있었다. 세상이 상상을 초월하는 폭력으로 가득차 있다는 것도 그때 현장에서 보고 들어 알게 되었다. 보통은 잠들어 있던 시간의 도시 어딘가에선 너무 많은 사람이 싸우고, 다치고, 죽었다. 그러니 철학으로서의 비폭력은 좀 비현실적인 담론 같았다. 요가 철학이 그런 현실을 바꾸는 건 아니니까. 적어도 그때는 그렇게 생각했으니까.

관심이 옅어지자 내 눈도 실처럼 얇아지는 것 같았다. 졸음이 쏟아졌다. 잠은 이길 수 없어도 고개가 떨어

지면 안 되는데. 그건 너무 부끄러운데. 이 스튜디오에서 내가 제일 어른인데⋯⋯. 역시 지도자 과정은 욕심이었을까? 거기까지 가기에는 이미 내 일상이 너무 병들어 있었을까? 여기까지는 그저 피곤한 아침이었지만⋯⋯.

"아힘사는 살아 있는 모든 것들에 대한 비폭력입니다. 다양한 차원에서 채식을 하는 수련자의 철학도 아힘사에서 비롯된 거예요. 하지만 강요는 아닙니다. 철학을 삶에 적용하는 건 개인이 선택할 문제죠. 아힘사의 개념에는 자기 자신에 대한 비폭력도 포함됩니다."

순간 누가 정수리를 쥐고 끌어 올리는 것처럼 허리가 곧아졌다. 시야가 맑아지면서 눈에는 힘이 들어갔다. 저 앞에 선생님이 정좌를 하고 앉아 있었다. 지금부터 들은 이야기는 그날 이후부터 지금까지의 크고 작은 선택에 결정적인 계기와 기준을 제공해 주었다. 평생 잊을 수 없는 어떤 순간들은 이렇게 갑자기, 부드러운 벼락처럼 찾아 오는 걸까.

"지금 폭력적인 상황에 있다면, 그래서 괴롭다면 그 상황에 놓인 것도 그 상황에서 벗어나는 것도 자신

의 선택입니다. 내 에너지를 상하게 할 수 있는 환경에 나를 데려가지 않는 게 중요하겠죠. 모든 폭력적인 배경에서 나를 지우는 일, 그 역시 내 선택이니까요."

가슴을 생수로 씻어 낸 것 같았다. 생각해 봤다. 내 마음이 언제 이렇게 깨끗했더라? 기억나지 않았다. 실은 늘 진흙탕 속에서 허우적대는 것 같았다. 그 속에 하반신까지만 담가 놓고 웃고 마시면서 그게 즐거움의 전부라고 믿었다. 일상의 거의 모든 시간을 일로 채우면서 그걸 성공이라고 생각했다. 관계와 스트레스가 엄연했는데 그게 나를 망치고 있다는 걸 알면서도 모르는 척했다. 선생님의 말을 듣는 순간 그 짙은 안개가 싹 가시는 것 같았다.

그렇게 살면서도 의심이 없지는 않았다. 하지만 다들 비슷하게 살고 있으니까, 사는 게 원래 그런 거라고 말하는 사람도 너무 많았다. 실은 명백한 폭력이었던 것들. 내 몸과 영혼을 검은 안개에 적응시키던 나날들. 맑고 깨끗한 상태를 지향하는 쾌락이 있다는 건 까맣게 잊은 채, 매캐하고 피곤한 상태의 즐거움에 익숙했던 밤들.

간단한 문제였다. 내가 괴로우면 폭력, 내가 평화로우면 비폭력이었다. 당연하고 즐거운 줄 알았던 모든 시간도 실은 폭력이었다. 그게 폭력이 아니었다면 나는 평화 속에서 나날이 개선되고 있었겠지. 하지만 취한 채 웃고 있던 와중에도 매일매일 조금씩 우울했다. 불행의 하향곡선 위에서 태연한 척 버티고 있었다.

그래도 무너지지 않은 건 역시 수련 덕이었던 것 같았다. 하루에 한 시간, 일주일에 몇 시간씩 하는 수련이 나를 가까스로 지탱하고 있었다. 더 이상 밑으로 떨어지지 않도록. 그만 우울할 수 있도록. 크고 작은 상처가 날 때마다 빠르게 봉합하고 연고를 발라 줄 수 있도록.

선생님 말이 옳았다. 다 나의 선택이었다. 폭력의 복판에 나를 놓아둔 것은 나의 의지였다. 회복의 실마리를 찾기 위해 애썼던 것도 나 자신의 의지였다. 오늘 아침, 얻어맞은 것처럼 피곤한데 요가 철학을 공부하고 있는 나 자신도 내가 선택한 결과였다. 어떤 세계가 나를 떠나고 있었다. 다른 세계는 나한테 비폭력을 가르치고 있었다.

나는 어떤 세계에 속하고 싶은 걸까? 그 숱한 밤

들이 과연 내가 속하기 위한 시간이었을까? 천천히 상해 가면서도 폭력에 당하는 줄은 모르는 채, 실은 그 모든 폭력으로부터 벗어나고 싶었던 건 아니었을까? 그렇다면 금요일 밤부터 토요일 새벽까지 이어지는 시간 위의 나와, 토요일 아침의 요가원에서 선생님 말을 들으면서 느끼는 시간 위의 나 사이에서 조금 더 평화에 가까운 건 어느 쪽일까? 삶을 걸고 추구해야 한다면 마땅히 평화여야 했다. 그게 아니라면 나는 왜 여기 앉아 있을까.

질문이 많아지면서 졸음이 물러갔다. 비로소 하루가, 어쩌면 삶이 시작되는 것 같았다. 나는 스튜디오 구석 방석 위에서 마음에 새로운 선들을 긋고 있었다. 그전에는 한 번도 그어 본 적 없는 깨끗하고 강한 경계선이었다. 세상 모든 것에 대한 비폭력이라는 개념. 그 안에는 나 자신도 포함된다는, 너무나 당연하지만 한 번도 응한 적 없는 초대였다.

수업은 저녁 때까지 이어졌다. 마치고 나왔을 때, 어제와 다르지 않은 가로수길 위에 아침과는 살짝 다른 사람이 된 것 같은 내가 서 있었다. 늘 살던 일상, 매

일 걷던 길을 폭력과 비폭력이라는 개념으로 다시 인식하기 시작했다. 다양한 층위의 채식에 대해서도 이해의 실마리를 잡았다. 무엇보다, 나 자신을 지금보다 소중히 여기기 위한 일상을 다시 설계하기 시작했다.

그날 이후 지금까지 너무 많은 일이 있었다. 어떤 일들은 나를 조금 바꿔 놓기도 했다. 퇴사와 창업, 이별과 만남, 다시 혼자가 돼서 바닥부터 다시 시작하는 황무지 같은 마음까지. 누군가에게는 용기처럼 보이기도 했다는 걸 안다. 다른 누군가에겐 방황처럼 보였을 것이다. 다른 모든 결정들처럼, 판단의 근거는 하나가 아니었다. 하지만 단 한순간도 '아힘사'라는 말을 잊어본 적은 없었다.

뱃살이 나를
눌러 죽일 것 같은 느낌
모르지?

몇 개월 전부터 왼쪽 팔꿈치가 뻑뻑한 것 같았다. 크게 불편하진 않았는데, 한 자세로 오래 있다가 다른 자세로 바꾸고 싶을 때 조금 뻐근했다. 녹이 좀 슨 것 같은 기분? 일단은 선생님에게 물어봤다.

"어깨에 힘을 제대로 쓰지 않으면 체중이 팔꿈치에 다 실리는 경우가 있어요. 그럼 무리가 갈 수 있죠. 견상 자세 하나를 할 때도 어깨를 쓰려고 의식적으로 노력해 보세요."

내 체중이 팔꿈치에 다 실린다니. 수련을 꾸준히 해도 체중은 웬만해선 줄지 않았다. 내가 팔꿈치라도 뻑뻑해지고 싶을 것 같았다. 살은 일주일에 2~3회 정도의 수련으로 빠지는 게 아니었다. 식후 산책? 어림없

비로소 하루가,
어쩌면 삶이 시작되는 것 같았다

었다. 인간은 하루하루 늙어 가니까 기초대사량도 시간이 갈수록 떨어지는게 당연했다. 먹는 걸 줄여야 했는데…… 세상에는 맛있는 음식이 점점 더 많아지는 것 같았다. 좋은 사람과 맛있는 음식을 먹는 주말의 즐거움을 포기하기 어려웠다.

생전 한순간도 날씬한 적 없었던 사람이 요가를 수련한다고 슬림해지는 일 같은 건 절대 생기지 않는다. 장담할 수 있다. 내가 그랬으니까. 지도자 과정을 수료하던 몇 개월이 아마 가장 자주, 열심히 수련하던 기간이었을 것이다. 전신의 근육도 점점 단단해졌다. 내 몸은 그 시기에 가장 컸다.

요가로 날씬해졌다는 말은 훨씬 더 넓은 차원에서 이해해야 옳다. 날씬한 몸은 하루에 한 시간, 일주일에 세 시간 수련으로 가능한 게 아니기 때문이다. 요가는 다이어트를 위한 운동이 아니다. 그 자체로 거대한 라이프스타일에 가깝다. 수련이 살을 빼 주는 게 아니다. 요가적인 삶이 몸을 가볍게 만드는 것이다.

수련할 때는 몸이 가벼워야 하니까 매 끼니를 가볍게 먹는다. 되도록 채식을 하고 적어도 수련 두 시간 전

에는 반드시 공복을 유지한다. 제철 식재료로 한 끼 한 끼 정성껏, 감사하는 마음으로 차분하게 음식을 대하는 순간들이 일정 수준 이상의 수련과 만나면 내 몸도 아주 예뻐질 수 있었다. 요가를 중심으로 삶을 재편하는 데 성공할 수 있다면 원하는 몸을 가질 수도 있을 것이다.

하지만 그게 그렇게 어려웠다. 음식에 대해서는 특히 그랬다. 나는 호젓하게 구워 먹는 고기를 참 좋아하는 사람. 흰살생선과 붉은 살 생선의 맛을 종류와 부위별로 정확하게 느끼고 싶은 사람이었다. 과하지는 않았지만 절제를 아는 수준도 아니었다.

"살을 빼셔야 합니다. 밤에는 드시지 마세요. 몸이 가벼워야 해요."

"체중을 조금 줄이시면 훨씬 편해지실 거예요."

한마디는 한의원에서 들었다. 다른 한마디는 선생님의 말이었다. 들을 때마다 그러자 다짐은 했지만 지금까지 단 한 번도 드라마틱하게 체중을 줄인 적은 없었다. 날씬한 몸은 내 것이 아니라고 생각했기 때문이다. 하지만 하고 싶은 아사나가 백날 안 되는 건 다 이

두툼한 살 때문인 것 같다는 생각이 들기 시작하면서 좀 억울해지기 시작했다. 내 몸 깊은 곳에서 깊고 통통한 한숨 소리가 들리는 것 같았다.

6년 정도 수련하면 알게 된다. 백날 열심히 해도 안 되는 자세가 있다. 그저 물리적으로 안 된다는 느낌이 오는 것이다. 그럴 때 아래를 보면 나와 아사나 사이를 뱃살이 물렁하게 가로 막고 있다. 어차피 지방이지만, 딱 그 자리에서 정확히 그만큼의 볼륨을 차지하는 덩어리는 분명히 방해가 된다. 지금 이 상태에서 저 뱃살만 없으면 손이 발바닥을 감쌀 수 있을 것 같은데. 골반도 열렸고 근육도 부드러워진 것 같은데 왜 안 되나 싶을 때, 바로 그 자리를 노려보면 뱃살이 나를 보면서 말랑하게 웃고 있었다.

과로에 시달리며 스트레스가 극에 달했을 땐 몸도 그만큼 불어 있었다. 그날의 도전 자세가 우르드바다누라사나일 땐 시작부터 긴장하기 시작했다. 적극적인 후굴 자세이기 때문에, 우르드바다누라사나 이후의 쿨다운 시퀀스에는 높은 확률로 할라사나(쟁기 자세)가 포함되곤 했다. 우르드바다누라사나가 무서운 게 아니

었다. 귀신도 안 무서웠다. 진짜 공포는 쟁기 자세였다.

누워 있다가 두 다리를 들고 발바닥을 천장으로 향했다. 그대로 골반을 들면서 하체를 얼굴 쪽으로, 두 발을 정수리 너머로 넘겨 유지하는 자세. 불가능한 건 아니었다. 내 발끝은 정수리에서 저 멀리 떨어진 곳까지 유연하게 넘어갔다. 하지만 지방은 중력 앞에서 무력하기 짝이 없었다. 뱃살이 얼굴 쪽으로 쏟아져 내렸다. 하체와 가슴 사이에서 내 목과 가슴을 짓누르듯했다.

"자, 앞으로 2분. 천천히 호흡하면서 후굴로 지친 허리를 쉬게 해 줍니다."

쉰다고? 그대로 질식할 것 같았다. 이렇게 숨이 가빠지는데 앞으로 2분이라니. 하지만 포기하는 사람에게 발전이란 없을 것 같은 자의식이 고개를 들고 올라오기 시작했다. 버텨야지. 버텨야 했다. 얼굴은 빨갛고 뜨겁게 상기되었다. 뱃살에 목이 눌려서 얼굴에 피가 안 통하는 데다 숨도 가빴으니까. 게다가 너무너무 부끄러웠으니까. 스튜디오 전체가 평온하고 조용한 숨소리로 가득했는데 내 숨만 거칠고 고약했다. 수업을 마치고 토로했다.

"선생님, 쟁기 자세가 너무 힘들어요. 제일 힘든 것 같아요."

"아니 왜요? 잘하시는 것 같았는데."

"뱃살이 저를 죽일 것 같아요. 이렇게 목을 짓눌러서……."

"……우성 선생님, 그…… 살을……."

"역시 그래야겠죠……네……."

평온하고 부드러운 목소리로, 선생님은 정답을 말씀해 주셨다. 나도 알고 있었다. 지금까지의 모든 쟁기 자세가 나를 죽일 것 같지는 않았으니까. 어찌어찌 비교적 슬림한 몸매가 되었을 때의 그 가벼움과 편안함에 대한 기억도 또렷하게 갖고 있었으니까.

발목을 대차게 접질렸던 그때. 움직일 수 없었고, 한약을 먹으면서 탄수화물을 최소화했고, 당연히 한 방울의 술도 마시지 않았던 그때였다. 몸이 천천히 회복되면서 피부까지 맑아지던 때. 그렇게 회복하고 돌아간 이후 약 1년간의 수련은 낯선 감각과 성취의 연속이었다.

쟁기 자세를 해도 숨이 가쁘지 않았다. 몇 분이고

같은 자세를 유지할 수 있었다. 내 눈과 하체 사이를 풍선처럼 채우던 뱃살도 비교적 휑한 수준을 유지하고 있었다. 그 자리가 한산해지니 두 발이 조금 더 적극적으로 정수리 너머로 넘어갔다. 그대로 두 팔을 뻗어 집게손가락으로 엄지발가락을 걸어 쥐었을 때도 그렇게 사뿐하고 편할 수가 없었다. 뱃살이 줄어드니 허리도 가벼워졌다.

'이런 거였어? 날씬한 몸으로 수련한다는 게 이렇게 즐거운 일이었어?'

쟁기 자세를 공포 없이 받아들이게 됐던 저녁, 어떤 자세에서 도저히 잡을 수 없을 것 같았던 두 손을 맞잡았던 오후에는 다짐했다. 다시는 몸을 방치하지 않겠다고, 이대로 유지하거나 살을 더 뺄 수는 있어도 이전으로 돌아가는 일은 없을 거라고, 내 일상을 요가에 두고 요가를 중심으로, 요가적으로 살겠다고.

밥을 먹을 때도 양을 줄이기 위해 신경을 썼다. 디저트나 간식은 되도록 먹지 않았다. 수련 시간에 맞춰 식사량과 시간을 조율했다. 12시 수업을 들으려면 일찍 일어나서 가벼운 아침을 먹어야 했다. 2시 수업을

들을 땐 오전 10시쯤 가볍게 먹었다. 7시 수업을 듣는 날은 10시쯤 아침을, 4시 반쯤 가벼운 저녁으로 김밥이나 샌드위치를 먹었다. 허기가 지는 저녁에는 과일 정도만 먹었다.

식단 조절로 지방이 빠지고 수련으로 근육이 잡히기 시작했다. 강해야 하는 곳은 강해지고 부드러워야 마땅한 곳은 부드러워졌다. 요가는 몸을 그렇게 만들어 준다. 스스로 제자리를 찾을 수 있게 해 준다. 가장 자연스러운 나를 찾아갈 수 있게 도와준다. 조각하듯 키운 근육을 보면서 감탄하기보다, '아, 이게 원래 내 몸의 바른 모양이었구나' 부드럽게 깨닫는 느낌에 더 가깝다. 이대로 늙어 갈 수 있다면, 이런 컨디션을 영원히 유지할 수 있다면 내내 행복할 수 있을 것 같았다.

하지만 내 일상을 100퍼센트 통제할 수 있는 사회인이 이 세상에 존재하기나 할까? 평화는 길지 않았다. 일이 몰려들기 시작하면서 천천히 균형이 깨지기 시작했다. 스트레스가 쌓인 밤엔 씹었을 때 '아그작' 소리가 나거나 뭔가 짠 걸 먹고 싶었다. 과자 한 봉지를 뜯어 드라마 한 편을 시작할 때의 행복과 함께 하루를 다 잊고

싶었다. 늦게 잠들면 늦게 일어났다. 식사 시간이 늦어 지면서 점심 수련을 놓치고, 업무에 치여서 2시 수업은 엄두도 못 내는 날이 늘었다. 그렇게 며칠을 보내면 다시 몸이 늘어졌다. 무거워진 몸으로 수련도 더디 했다.

내 몸과 요가는 그런 식으로 천천히 여기까지 왔다. 가차 없이 추락하지만 절대 포기하지 않는 암벽등반처럼. 좋을 땐 신나게 오르다가 일 폭탄을 만나면 쭉 미끄러졌다. 천천히 날렵해지다가 갑자기 통통해졌다. 내 몸이 참 좋았던 날도 (조금은) 있었고 내 살들이 죽도록 미웠던 날도 (많이) 있었다. 그렇게 좋은 날과 나쁜 날이 섞여 있었다. 나는 몇 번이나 다시 시작했다. 몸을 떠나서는 내가 존재할 수 없는 것처럼, 요가를 떠난다는 생각도 해 본 적이 없었다.

요가와 퇴사의
상관관계

　오후 2시가 되었는데 몸에 피로 한 조각이 없었다. 기자로 살기 시작한 후 11년 동안 이 시간에 이런 컨디션이었던 역사가 없었다. 손가락과 발가락 끝까지 모든 감각이 세세하게 살아있었다. 들숨과 날숨까지 새로웠다. 물맛도 생생했다. 내 몸이 이렇게 새것 같았던 기억이 마지막으로 언제였지? 중학교 때? 오전 7시, 가족 중 가장 먼저 일어나「디즈니 만화 동산」을 보던 그때? 차라리 내 몸이 아닌 것 같았다.

　나는 콧노래를 부르면서 하늘색 베스파를 타고 한남대교를 건너는 중이었다. 1월 중순이었는데 추운 줄도 몰랐다. 어젯밤에 일찍 잔 것도 아니었다. 나는 늘 새벽 2시까지는 깨어 있는 편이었다. 어제도 마찬가지

였다. 3시에 자서 8시 30분쯤 일어나 12시에 요가원에서 수련하고 집으로 돌아가는 길이었다. 퇴사 후 한 달 정도가 지난 평일 오후였다.

돌이켜 보면 대학 졸업 전부터 기자였다. 2006년 가을에 《경향신문》 45기 공채로 입사해 《레이디경향》 취재 기자로 일했다. 입사와 배치 사이에는 사회부 경찰 수습기자 생활이 있었다. 그때부터 아침을 잃어버리기 시작했다. 아침을 잃어버리자 시간이 무너지기 시작했다. 대신 피로와 친해지기 시작했다. 평범한 일상과도 점점 멀어졌다. 《지큐》에서 8년, 《에스콰이어》에서 1년 반을 일하면서도 내내 비슷한 감각으로 살았다. 그게 열심히 사는 건 줄 알았다. 피로야말로 열정의 증거라고 여겼다.

당시의 나한테는 혹사의 기준이 있었다. 새벽 1시면 초저녁 같았다. 2시가 한창이었다. 3시면 비로소 잘 시간에 가까워졌다 느꼈고 4시가 돼서야 자야 한다고 생각했다. 놀기도 많이 놀았고 술도 꽤나 마셨다. 그래도 아침엔 8시 30분에서 9시 사이에 일어나서 출근했다.

일에 익숙해지면서는 조금 여유가 생기기도 했다.

나중엔 10시 정도에 출근했다. 조금 더 잘 수 있었지만 나아지는 건 별로 없었다. 아침이 짧아지면 밤이 점점 길어졌다. 길어진 밤을 채운 건 술과 일과 마감이었다. 그렇게 일상의 효율이 떨어지는 걸 체감하면서도 그게 당연한 줄 알았다. 이름이 제법 알려진 기자로 살게 된 것이 때로는 멋인 줄, 어쩌면 그 흔한 젊음인 줄도 알았다. 하지만 결과는 만성피로였다. 점점 예민해지는 신경은 무슨 고지서 같았다. 연애와 이별이 제각각 길고 긴 계절이었다.

몸도 망가졌다. 피로가 초래할 수 있는 증상을 고루 겪었다. 가장 괴로운 건 염증이었다. 피로와 스트레스가 겹치면 왼쪽 무릎 관절이 심하게 아팠다. 누가 바늘 뭉치를 박아 놓은 것 같은 느낌. 날카로우면서도 뭉툭한 통증이었다. MRI를 찍어 봐도 원인을 알 수 없었는데, 관절을 조금도 굽힐 수 없는 정도로 심했다.

이 증상을 처음 겪었던 밤이 아직도 생생하다. 언젠가의 《지큐》 마감 마지막 날. 그날 저녁에만 진통제를 열두 알 정도 먹었다. 그래야 가까스로 걸어 다닐 정도가 됐다. 원고를 쓰고 대지를 수정할 수 있을 정도의

통증을 유지할 수 있었다. 내 통증은 나만 아니까, 그 와중에도 끄떡없다는 표정으로 헤실헤실 웃고 있었던 나를 아직도 사진처럼 기억한다. 진통제를 그렇게 많이 먹으면 좀 멍해져서 손까지 떨린다는 걸 그날 사무실에서 혼자 알게 됐다.

그 염증이 정수리 언저리에 생기면 두피 한 부분이 딱딱하게 부어오르기 시작했다. 그러다 딱 그 부분의 머리카락만 쏙 빠졌다. 사심 없이 신기한 경험이었다. 새벽 3시에 좀 발그스레하게 부어 오른 걸 후배가 봤는데, 5시에 퇴근해서 세 시간 반 정도 자고 출근했던 이튿날 아침에는 머리에 작은 구멍이 생겨 있었다. 염증성 원형탈모증이었다. 딱 면봉 머리 정도 크기만큼 비어 있었다. 피부과에서 염증을 가라앉히는 주사도 여러 번 맞았다. 다시 회복되는 데에는 한 달 정도 걸렸다. 피부에 간헐적으로 생겼다 사라지는 두드러기의 원인도 피로와 스트레스였다. 스트레스가 증상을 낳고 증상이 다시 스트레스를 부르는 형국이었다.

불면이야말로 당황스러웠다. 잠이 안 온다고 담배 한 대를 피워 물던 시기도 있었다. 내가 망친 흐름이었

다. 리듬이 흐트러지니 살도 찌기 시작했다. 하루의 대부분을 앉아서 생활하니 오후 3시쯤 되면 허리가 뻐근했다. 근육량이 줄어드니 관절에 무리가 가기 시작했다. 몸이 보내는 신호였다. 사무실 안에 있던 거의 모든 동료들이 비슷한 증상을 호소했으니, 우리는 나날이 통통해지는 불행으로 말랑말랑하게 연대할 수 있었다. 슬픈데 슬픈 줄도 모르면서, 우리끼리 있으니까 서로 안도하면서, 스스로 조소하는 경지에는 서로 감탄하면서. 그렇게 밤이 되면 또 한 잔, 세상 시원하게 웃으면서 취하곤 했다.

한국에서 10년 넘게 기자로 살아온 결과는 다른 게 아니었다. 짙은 피로의 증상들을 뼛속까지 체화함으로써 사회의 당당한 일원이 되었다는 대가 없는 확신이었다. 눈꺼풀 위, 명치 언저리, 어깨와 허리와 정수리에도 피로의 흔적이 있었다. 열심히 벌어서 술과 병원비로 탕진한다는 직장인의 굴레 위, 모두가 바쁘게 뛰는 방법만 알고 있었다.

하지만 그 영원한 줄 알았던 굴레에서 벗어나는 일이 이렇게 쉬울 줄 누가 알았을까? 평소보다 조금 일찍

출근한 아침이었다. 나는 이른 아침 사무실에 혼자 앉아 '더 이상은 안되겠다'는 생각을 하고 있었다. 10분 정도 지나자 편집장 선배가 출근했다. 나는 드릴 말씀이 있으니 잠깐 회의실에서 뵙자고 청했다.

"선배, 저 이번 달까지만 할게요. 12월호 마감까지만."

2017년 11월이었다. 걱정도, 거리낄 것도 없었다. 지금까지의 모든 흐름에 대한 단호한 거절이었다. 3월이 되면 봄이구나 하는 자연스러움이었다. 거기가 싫어서 떠난다기보단 이제 다른 길을 걸어야 해서 벗어나는, 가볍고 사뿐한 마음이기도 했다.

그날 아침에 그렇게 말하지 않았다면, 나는 지금도 그때 하던 일을 하고 있을 것이다. 잡지를 만드는 사람으로서 생각할 수 있는 가장 높은 자리에서 매달 새로운 도전을 추구할 수도 있었다. 하지만 끊어 내지 않으면 살 수 없을 것 같다는 판단, 그 과정과 결과에 대한 확신, 실제로 행동에 옮길 때의 가볍고 사뿐한 마음에는 나만 아는 배후 세력이 있었다. 그들의 힘이 다른 어떤 욕망보다 강했다. 그들 덕에 나는 한층 더 강해질 수

있었다.

굴레 위에서 좋든 싫든 앞만 보고 달리는 일만이 옳은 게 아니라는 걸 나만의 배후 세력으로부터 배웠다. 누가 좋다고 말하니까 마냥 따라가는 길이 아니라, 내가 좋아야만 기꺼이 가는 길을 발견하고 신뢰하는 방법도 그들이 가르쳐 줬다. 나 자신이야말로 소중하고, 일단 나를 소중하게 여겨야 내가 사랑하는 사람을 기꺼이 안아 줄 수 있고, 몸과 마음은 한 치의 어긋남도 없이 이어져 있다는 사실도 그들이 알려 줬다.

2015년 어느 날 저녁, 가로수길 어딘가에 있는 요가원에서 시작된 일이었다. 하루의 경로가 미세하게, 약 3도 정도 기울었던 날. 그날부터 나는 천천히 강해지고 있었다. 부드러워서 꺾이지 않는 힘이었고, 나긋해서 거부하기도 어려운 의지였다.

매트 위에서 무수히 알아차린 것들. 어떤 날 수련을 마치고 나도 모르게 흘렸던 눈물. 존경해 마지않는 우리 선생님들이야말로 나만의 배후 세력이었다. 그 모든 것을 바탕으로 나는 거부할 수 있었다. 끊어 내는 것도 가능했다. 그러자 나와 나를 둘러싼 모든 게 새로

워지기 시작했다. 한남대교를 건너 집에 도착했을 때, 친구로부터 온 문자메시지에는 이렇게 써 있었다.

"우성, 잘 지내고 있어? 퇴사했다는 소식 좀 늦게 들었어. 그 용기가 정말 부러워. 응원할게!"

베스파를 세워 두고 서서 답장을 보내기 전에 오래 생각했다. '용기'라는 단어가 낯설어서였다. 나는 용기를 낸 것이 아니었기 때문이다. 내 마음이 건네는 소리에 귀를 기울이는 방법을 알게 된 것뿐이다. 그 이야기를 답장에 쓰려다 말았다. 대신 말했다.

"고마워! 곧 만나, 우리 맛있는 거 같이 먹자!"

그 시간 거실에서는 오후의 햇빛이 길게 늘어지고 있었다. 나는 한껏 개운해진 몸을 한 번 더 펼쳐 냈다. 땀으로 푹 젖어 있는 요가복 상의와 하의는 세탁기에 넣어 뒀다. 내 몸과 마음에는 한 치의 의구심도 없었다. 다음 수련을 기대하면서, 오늘의 마음에 귀를 기울이기 시작했다.

사바아사나,
송장 자세

잠들기 전, 수리야나마스카라 A를 몇 번 정도 반복하면서 몸을 풀어 줄 때가 있다. 유난히 힘들었던 날. 이대로 누웠다가는 그대로 먼지 뭉치처럼 쪼그라들 것 같은 날. 마음이 스산해서 자꾸만 산책을 하고 싶어지는 날도 수리야나마스카라 A를 찾는다. 잠들기 전에 위스키 한 잔을 따르는 기분이 이럴까?

처음은 뻣뻣할 수 있다. 하지만 두 번이면 몸이 싹 풀린다. 세 번째부터는 부드러워진다. 이렇게 딱 다섯 번만 하고 잠들어도 좋은 잠을 잘 수 있다. 근육에는 원래 수축하려는 성질이 있고, 하루 종일 활동한 근육들은 제각각 쪼그라들어 있다. 근육의 양 끝이 서로를 힘껏 당기고 있는 셈이다.

책상에서 일어나면 꼬리뼈와 아래 허리에도 상당한 하중이 실려 있었음을 뻐근한 통증으로 깨닫게 된다. 이대로 잠들면 안 된다. 그 느낌 그대로 아침까지 이어지니까. 책상에서의 피로를 침대에까지 가져가고 싶지 않은 마음이 나를 태양경배 자세로 이끄는 것이다.

본격적인 수련은 아니니까 땀을 흘릴 정도로 움직이지는 않는다. 몸의 뒷면 근육을 제대로 펴 주고 피돌

기를 고르게 하는 것으로 충분하다. 몇 번의 태양경배를 마치면 더 이상의 아사나는 이어 가지 않는다. 그대로 물을 한 모금 마시고 침대로 향한다. 베개를 베고 양팔과 양다리를 적당한 정도로 벌리고 눕는다. 너무 넓지도 좁지도 않게 그저 편안한 자세로. 이때 손등은 아래로 한다. 손바닥은 위로 향하게 하고 내려 둔다.

이제 편안하게 숨을 쉬기 시작한다. 숨과 숨 사이의 간격과 숨소리를 의식한다. 심장이 꽤나 바쁘게 뛰고 있으니까 호흡으로 침착한 리듬을 찾는 것이다. 이 리듬의 끝에서 깊은 잠을 만날 수 있다고 믿으면서, 깊지도 얕지도 않은 숨을 규칙적으로 쉬는 데 집중한다.

숨을 쉬는 동안 몸에서는 힘을 천천히 빼기 시작한다. 상체에 힘을 빼면서 체중이 매트리스 속으로 묻히는 상상을 한다. 몸의 끝에서 안쪽으로 점점 연해지는 상상을 한다. 발가락 끝, 발바닥, 발목, 종아리, 허벅지로 올라오면서 천천히 힘을 뺀다. 근육섬유 하나하나가 꼭 붙들고 있던 내 뼈들을 살살 놓아 주는 그림을 떠올리기도 한다.

하체가 끝나면 손끝에서부터 어깨까지 올라오면

서 다시 한번. 양팔도 끝나면 목과 정수리에서 다시 한 번 힘을 뺀다. 얼굴에서도 힘을 뺀다. 표정이 사라지고 눈에도 여유가 생긴다. 팔다리를 적당히 벌린 채 누워서 손등을 아래로 손바닥은 위로. 가볍게 눈을 감고 고르게 숨을 쉬는 일. 사바아사나와 정확히 일치하는 과정이다.

사바아사나는 모든 요가 수련의 마지막을 장식하는 자세다. 몇 번의 플로우와 피크 포즈, 쿨다운 플로우까지 마치고 나면 선생님의 반갑고 뿌듯한 목소리를 듣는다.

"자, 이제 등 대고 바닥에 누워서 사바아사나, 송장 자세를 만납니다. 양팔과 다리를 편한 너비로 벌리고 손등은 바닥으로 손바닥을 위로 향하게 하고 천천히 눈을 감습니다."

시작이 있으면 끝이 있고, 긴장이 있으면 이완이 있다는 걸 이때 몸으로 배운다. 한 시간 동안 꽉 쥐고 있었던 것들, 이를 악물고 해내려 애썼던 의지, 이건 왜 안 될까 생각하면서 자책하고 부끄러워하던 그 모든 감정들을 매트 위에서 온몸으로 내려놓는다. 손끝, 발

끝도 움직이지 않는다. 가만히 누워서 숨만 쉰다.

움직임은 전혀 없어야 한다. 그것이 사바아사나의 조건이다. '사바'는 산스크리트어로 송장을 이르는 말. 이 자세를 '송장자세'라고 부르는 데는 다 이유가 있다. 빈야사 플로우는 곧 삶과 같고, 격렬하거나 부드러웠던 플로우가 끝나면 죽음을 연습하는 아사나를 맞이하는 것이다. 죽음은 움직임을 모른다. 몸에서 일어나는 다른 모든 감각도 흘려보낼 줄 알아야 한다.

"어딘가 갑자기 간지러울 수도 있어요. 열이 정수리로 빠져나가니까 두피가 간지러울 수도 있겠죠. 그냥 두세요. 긁거나 의식하지 마세요. 다 지나갑니다. 지나갈 수 있도록 시간을 주세요. 죽은 사람은 움직이지 않아요. 다 내려놓습니다. 다 지나갑니다. 힘들었던 수련도, 오늘 하루도."

움직임이 사라지면 감각이 살아난다. 이마에서 귀 뒤로 땀이 흘러내릴 때의 미끄러움, 이미 흥건한 땀이 마르면서 피부가 살짝 수축하는 느낌, 옷과 피부가 뽀송뽀송해지면서 일어나는 그런 느낌들도 평소보다 훨씬 더 크게 다가온다.

몸의 무게도 구체적으로 의식하게 된다. 바닥에 완전히 달라붙다 못해 매트 속으로 침잠하는 것 같은 감각으로 몽롱해진 적도 있었다. 이대로 바닥을 뚫고 어딘가 영원히 하강할 것 같은 느낌이었다. 여기 말고 다른 차원. 아주 따뜻하고 안락하며 조금은 부드럽게 끈적거리는 것 같은 세계로 진입하는 것 같기도 했다.

이 세계는 생각보다 위험한데, 제대로 안착하면 그다지 깨고 싶은 생각이 들지 않기 때문이다. 깨면 일상이고 눈을 뜨면 현실이니까. 수련 전에 우리를 둘러싸고 있던 각자의 복잡한 문제들과 다시 맞닥뜨려야 하기 때문이다.

하지만 영원히 도피할 수는 없다. 사바아사나는 짧다. 짧으면 5분, 길어야 10분 정도다. 평화를 경험하지 못할 수도 있다. 애만 쓰다 끝날 수도 있다. 힘을 빼는 일이 마냥 쉽지는 않기 때문이다. 힘은 빼고 빼고 또 빼도 어딘가에는 남아 있게 마련이다. 우리는 죽음을 연습하는 거지 죽은 건 아니니까. 심장이 뛰고 숨을 쉬는 한 어딘가는 긴장하고 있기 때문이다. 다른 어떤 아사나보다 사바아사나가 어려운 자세라고 하는 데에는 그

런 이유가 있다.

손에 힘을 빼고 다리에 힘을 빼고 다시 손을 보면 거기에 힘이 남아 있다. 하체에 힘을 빼고 상체에 힘을 빼고 나서 문득 목에 힘을 빼려고 보면 거기도 힘이 남아 있다. 이때 평온과 긴장을 동시에 배운다. 둘은 대립하는 사이가 아니라는 것을, 영원히 공존하면서 친해져야 하는 관계라는 걸 문득 알게 된다. 놓을 수 있는 것과 놓을 수 없는 것, 조절할 수 있는 것과 조절할 수 없는 것 사이의 작은 틈새를 찾게 된다.

그렇게 몇 번인가 반복하다 보면 나도 모르게 선잠에 빠졌다. 잠과 삶의 경계에서 숨은 그토록 달콤했다. 사바아사나는 원래 잠을 위한 자세가 아니다. 몸과 마음은 완벽하게 이완하지만 의식은 깨어 있어야 한다. 그래야 적극적인 휴식이 가능하기 때문이다. 그냥 넋놓고 쉬는 게 아니라, '내 몸과 마음이 제대로 쉬고 있다'는 사실을 의식해야 한다.

나는 대체로, 아주 기꺼이 실패했다. 내려놓을 땐 미련 없이 내려놓았다. 대차게 쉬면서 잠의 유혹을 기꺼이 받아들였다. 피로와 잠은 오랜 친구니까, 둘은 만

나기만 하면 내 몸에서 회포를 풀었다. 그래서 자주 코를 골았다. '커얼' 하고 숨을 들이마시는 소리에 민망해서 깬 적도 여러 번이었다. 혹시 다른 수련생들이 그 소리를 듣지 않았을까 걱정했지만, 눈을 뜨고 있는 사람은 아무도 없을 테니 다시 한번 안심하고 잠에 빠져들었다. '도로롱'과 '커어' 사이, 너무 큰 소리는 내지 않으려는 신경 정도는 쓰면서. 그렇게 10분 정도의 사바아사나를 즐기고 나면 얼마나 개운한지. 그 10분을 위해 지금까지의 수련을 견딘 것 같았다.

　의식적으로 몸에 힘을 빼면서 이완을 경험하는 것과 그냥 눈을 감고 잠들어 버리는 것 사이에는 생각보다 큰 차이가 있다. 아무것도 하지 않고 소파 위에서 쉬었는데 여전히 피곤한 주말이 있는 것처럼, 쉼에도 기술이 필요하다는 걸 사바아사나는 가르친다. 스스로 쉬고 있다는 걸 의식하고, 내 의식이 내 몸을 쉼으로 이끄는 과정 자체가 좋은 품질의 휴식을 만든다는 걸 사바아사나에서 배웠다. 한 시간을 자도 안 풀리던 피로가 10분의 사바아사나로 풀리는 이유. 사바아사나와 잠은 완전히 다르다는 걸 제대로 깨달아야 하는 이유

이기도 하다.

그래서였을까? 아무리 피곤했던 날도 사바아사나에서 깨고 나면 하루를 다시 시작하는 것 같았다. 머릿속을 가득 채웠던 스트레스도 다 사라져 있었다. 불에 타서 재가 된 것 같은 감각이 아니었다. 녹아서 흐르는 것도 아니었다. 애초에 없었던 것 같았다. 증발하듯 사라진 것이었다. 내 몸에서 힘을 빼고 긴장을 보내 준 것처럼, 그런 감정과 스트레스까지 어딘가 내려놓은 것 같았다.

"사바아사나에서 우리는 죽음을 경험합니다. 요가를 수련하는 사람들은 수련을 마칠 때마다 죽음을 경험하고 새로워지는 거예요. 사바아사나는 정말 어려운 자세입니다. 모든 수련은 사바아사나를 완벽하게 해내기 위한 것이라고 말할 수 있는 정도니까요."

요가의 모든 수련은 죽음을 연습하고 모사하는 것으로 마무리한다. 시작할 때는 가볍게 몸을 풀어 주기도 하지만 아기 자세, 발라아사나에서 고요하게 시작하는 경우도 있다. 아기였다가, 천천히 몸을 움직이다가, 점점 부드럽고 강해지는 몸을 느끼면서 고도화되

는 아사나들을 맞닥뜨리다가, 그날의 의도에 맞는 도전 자세를 만나게 된다. 각자의 단계에서 성취와 좌절, 몰입을 경험한다. 열이 한껏 오른 몸을 몇 개의 자세로 안정시킨다. 마침내 매트에 등을 대고 누워, 우리는 다 같이 죽는다.

그렇게 가만히 있을 때, 나도 모르게 입꼬리가 올라가 있는 걸 의식할 때가 있다. 도구를 정리하려고 살짝 눈을 떴을 땐 이미 사바아사나에 들어선 다른 수련생의 얼굴에서 아주 조용한 환희를 본 적도 있다. 그날 수련의 모든 에너지가 갑자기 터진 듯 눈물이 흘렀던 적도 있고, 그날의 아사나들이 이끌어 낸 감정들이 소용돌이 치는 걸 주체할 수 없어 울었던 적도 있다.

그럴 때마다 죽음 그 자체, 혹은 죽음 주변의 풍경에 대해 생각했다. 그땐 평화롭거나 슬프겠지. 평화로워서 환희를 경험할 수도 있고, 마침내 누릴 수 있는 안식이 다른 모두를 안심시킬 수도 있겠지. 눈물은 누군가의 몸과 마음을 마침내 정화시켜줄까? 그렇다면 남은 사람들은 조금은 달라진 마음가짐으로 다시 일상을 이어 갈 수 있을 것이다.

사바아사나가 죽음의 연습이라면, 그 죽음을 기꺼이 받아들이기 위해 필요한 것들에 대해서도 생각했다. 몸을 움직이고 마음을 수련하는 일. 도전을 받아들이고 용기를 내는 마음. 비참하게 쓰러져도 다시 일어나는 일관성. 부끄러움과 자만, 소심함과 대범함, 괴로움과 부드러움, 아름다움과 추함을 기민하게 느끼고 맞이하며 끝내 보내 주는 성숙함까지. 우리가 눈을 뜨면 느끼는 것들과 우리가 수련할 때마다 만나는 그 모든 것들에 대해서도.

　　이제 나는 요가를 수련하지 않는 삶을 상상하기 어려운 사람이 됐다. 요가로 삶을 즐길 수 있다는 사실, 수련을 마칠 때마다 죽음을 곁에 둘 수 있다는 사실이 나를 안도하게 만든다. 연습과 실제가 다르다는 것을 모르지 않지만, 우리는 그래서 수련을 멈추지 않는다. 각자의 매트 위에서 각자의 사바아사나를 향한 여행을 시작한다. 제대로 살고 제대로 죽기 위해서. 살아 있는 한 최선의 나를 만나기 위해서. 끝내, 달콤한 죽음을 보고 싶어서.

혹시
오늘 아침부터
새로운 챕터일까

요즘은 새벽에 일어난다. 조금 더 많은 일을 하기 위해서다. 원래는 버티고 버티다 새벽에 잠드는 사람이었다. 그때도 같은 이유였다. 조금 더 많은 일을 하기 위해서. 하지만 늦게 잠드는 새벽은 꾸역꾸역 소진하는 시간이었다. 버틸수록 쌓이는 피로를 그대로 바라보면서, 안절부절 못하면서, 그래도 어떻게든 해내면서 내일의 힘을 끌어다 쓰는 시간이었다. 이튿날 하루는 늦게 시작할 수밖에 없었다.

일찍 일어나는 새벽은 선택이다. 의지이기도 하다. 둘 다 끙끙대기는 마찬가지지만, '잠들지 않기 위해 버티는 시간'과 '일찍 일어나려는 결심'을 행동으로 옮기는 시간 사이에는 부정문과 긍정문만큼의 차이가 있었

다. 매캐한 밤보다 또렷한 아침이 좋았다. 새벽의 고립보다 아침의 고요에 더 높은 효율이 있었다. 밤 12시부터 새벽 3시까지 처리하는 일의 양보다 새벽 5시부터 오전 8시까지 처리하는 일의 양이 월등히 많았다.

그날도 새벽 5시였다. 이 책의 원고를 펼쳐 놓고 책상에 앉았다. 요가원에 처음 매트를 깔았던 날의 긴장, 우리 요가원에서 지도자 과정을 이수할 때 느꼈던 수련의 밀도, 몇 가지 이유로 수련을 쉴 수밖에 없었던 시간의 답답함이 그대로 기록돼 있었다. 책상 위에는 어젯밤에 냉침해 둔 차를 한 잔 따라 두었다.

그러는 동안 직장을 한 번 옮겼다. 퇴사를 결심했고, 후회 없이 창업했다. 참 열심히 했지만 허무하게 주저앉기도 했고, 그래도 멈출 수는 없기 때문에 다시 달리기 시작했다. 그동안 곁을 떠난 사람과 곁을 지켜준 사람이 있었다. 그때 내 곁을 지켜줬던 한 사람과는 시간이 허락하는 저녁마다 나란히 매트를 까는 사이가 되었다.

그동안 요가를 수련하지 않았다면 나는 어떤 사람이 되었을까? 이런저런 상처들을 지금처럼 바라보고

받아들일 수 있었을까. 그대로 아파만 하다가 곪아 버리지는 않았을까. 혼자일 수밖에 없었던 시간에는 어디에 나 자신을 의탁할 수 있었을까. 내 낡은 매트 위에 두 발로 섰을 때 느껴지는 그 위안과 힘을, 지난 시간 동안 나 스스로 쌓아 올린 그 깨끗한 에너지를 또 어디에서 느낄 수 있었을까.

벌써 몇 년째 요가를 수련하고 있지만 늘 성에 차지 않는 상태에 머무르는 중이다. 지도자 과정을 이수할 때부터 하고 싶었던 그 아사나는 며칠 전에야 겨우 첫 걸음을 뗐다. 안 되는 자세는 아직도 참 안 되고, 이런저런 일에 치여 수련 시간을 놓치는 일도 부지기수다. 그러니 나와 요가 사이에는 늘 일정 부피 이상의 부채의식이 자리잡고 있는데, 그 부피가 줄었다 커졌다 하면서 요가와의 관계도 친했다 서먹했다를 반복하고 있다.

"뭐 어때요, 우리가 요가 하루이틀 수련하는 것도 아니고. 평생 할 건데."

그럴 때마다 선생님의 이 한마디를 다시 생각한다. '우리'와 '평생'이라는 두 단어가 언제나 나를 뭉클하게

만든다. 내가 어딘가에 흔들림 없이 속해 있다는 사실, 평생 함께하면서 꾸준히 깊어지고 강해질 수 있는 좋은 길을 알고 있다는 사실이 나를 언제나 든든하게 지탱하고 있다.

스판다 요가원의 세 원장 선생님. 프리야, 한사, 키란 선생님께 드릴 수 있는 모든 감사와 사랑을 드리고 싶다. 세 분의 에너지와 깊이, 의지와 사랑을 만난 건 정말이지 너무 큰 기쁨이자 행복이었다고. 그 멋진 공간에 늘 함께해 주셔서 얼마나 든든하고 아름다웠는지 모른다고, 할 수 있는 모든 예의와 진심을 갖춰 전하고 싶다.

이 책에서 요가에 대해 이야기하는 모든 순간에 세 분의 호흡이 어려 있다. 내 어설픈 기억과 썩 깊지 않은 요가에 대한 지식이 세 분 선생님께 누가 되지는 않을까, 쓸 때마다 오래 고민했다. 오래오래 같이 수련하자고, 언젠가 세 분 이름에 부끄럽지 않은 선생님이 되고 싶다는 말씀을 꼭 드리고 싶었다.

요즘은 매일 새벽에 일어난다. 어스름한 거실에 매트를 깔고, 아주 짧게나마 몸을 움직여 풀어 보기도 한

다. 밤사이 움츠러들었던 몸이 조금씩 풀리면서 유연해지기 시작한다. 정신이 또렷해지고 마음에 여유가 생긴다. 하루의 초점이 또렷해지면 책상 앞에 앉는다. 하루를 설계하며, 그때 할 수 있는 크고 작은 일들을 하나하나 처리하기 시작한다. 일도 마음도 유난히 순조로웠던 날, 문득 기분 좋게 생각하기도 한다.

'혹시 오늘부터 새로운 챕터일까?'

지난 모든 시간에 과거라는 이름표를 붙여 줄 수 있는 아침. 지금, 여기의 모든 것을 현재로서 받아들일 수 있는 참 귀한 순간. 원고를 읽던 아침에도 그런 생각이 들었다. 아, 이로써 한 챕터를 마무리했구나. 이 책과 함께 다시 새로워질 수 있겠구나.

냉장고에서 시원하게 꺼냈던 차는 어느새 미지근해져서 딱 마시기 좋은 온도가 되었다. 왼쪽 창밖으로 하늘이 점점 붉어지고 있었다. 나의 새벽은 이제 끝났고, 이 책도 여기서 끝났다. 다시, 참 좋은 하루가 시작되었다.

단
정
한

실
패

1판 1쇄 펴냄   2021년 7월 19일
1판 2쇄 펴냄   2022년 9월 7일

지은이   정우성
발행인   박근섭, 박상준
펴낸곳   (주)민음사

출판등록   1966. 5. 19. (제16-490호)
주소   서울시 강남구 도산대로1길 62
               강남출판문화센터 5층 (06027)
대표전화   02-515-2000
팩시밀리   02-515-2007
www.minumsa.com

© 정우성, 2021. Printed in Seoul, Korea

ISBN   978-89-374-1938-6   03810

✳ 잘못 만들어진 책은 구입처에서 교환해 드립니다.

KB109994